Im Bann der Engel

„Widme dich deinen Freunden und deinen Feinden erst recht."

Kathryn Merteuil

im Film „Eiskalte Engel"

Für Sarah M. und Biggi A.

Danke für euren Halt.

Torsten Ideus

Im Bann der Engel

Schwuler Coming-of-Age-Roman

Auch wenn dieser Roman ganz in einer realen Kulisse angesiedelt ist, sind die Handlung und die Personen frei erfunden. Ähnlichkeiten mit lebenden Personen und Organisationen wären rein zufällig und nicht beabsichtigt.

Bibliografische Information der Deutschen Nationalbibliothek:
Die Deutsche Nationalbibliothek verzeichnet diese Publikation in der Deutschen Nationalbibliografie; detaillierte bibliografische Daten sind im Internet über http://dnb.dnb.de abrufbar.

© 2016 Torsten Ideus

Herstellung und Verlag: BoD – Books on Demand, Norderstedt

ISBN: 978-3-741252-82-2

Tag 1

L.A. sollte mein Leben verändern. Doch ich hatte nicht die geringste Ahnung, wie sehr es das tun würde. Alles begann mit dem Einzug ins Studentenwohnheim.

Motiviert und neugierig zog ich meinen Koffer über den Campus und versuchte, die vielen neuen Eindrücke aufzunehmen. Das Wetter war milder als ich es gewöhnt war, dafür waren die Leute viel offener. Jeder grüßte jeden und alle schienen bemüht, so gut wie möglich auszusehen.

Es gab Studenten jeglicher Nationalität und ich sollte nun einer von ihnen werden. Mit der Sonne im Nacken lief ich geradewegs auf das riesige Steingebäude zu, dass für die nächsten drei Jahre mein Zuhause werden sollte. Ich kramte in meiner Hosentasche nach dem Zettel, auf dem ich die Zimmernummer notiert hatte. „304" stand darauf.

Ob es einen Fahrstuhl gab? Ich hatte keine Lust, meine ganzen Sachen drei Stockwerke hochzutragen. Die zweiflügelige Eingangstür stand nie still. Ein stetiges Kommen und Gehen ließ sie fast lebendig wirken. Sie koordinierte das bunte Treiben auf diesem Gelände.

Ich trat durch sie hindurch und stand in einem breiten Flur, der sich nach links und rechts in ein verschachteltes System aus weiteren Fluren und Zimmern zergliederte. Ich entdeckte mit Freunden den Fahrstuhl, doch als ich vor ihm stand, entdeckte ich ein handgeschriebenes Schild: „Vorübergehend außer Betrieb". Natürlich.

Direkt daneben befand sich eine zwei Meter breite Treppe, die mich spöttisch einlud, ihre Stufen zu erklimmen. Seufzend ließ ich eine Gruppe von Studentinnen vorbei, die mich interessiert musterten, während ich mühselig den schweren Koffer hoch trug. Ich hätte die Bücher zu Hause lassen sollen. Nun spürte ich die Last und mit jeder erklommenen Stufe schien sie schwerer zu werden.

An der Hälfte des Weges traf ich auf einen Kommilitonen mit dem gleichen Schicksal. Er schwitzte stark und pustete schwer. Dagegen hielt ich mich noch ganz tapfer. Als ich den zweiten Stock hinter mir ließ, steigerte sich meine Nervosität. Gleich würde ich auf meinen Zimmergenossen treffen und ich kannte bisher nur seinen Namen: Liam Riley.

Ich wuchs als Einzelkind auf und war es gewohnt, mein Schlafzimmer für mich allein zu haben. Nun würde sich das ändern, denn mir fehlte einfach das Geld für eine eigene Wohnung. Ich nahm an, dass mein Medizinstudium mir sowieso nicht viel Zeit lassen würde. Zum Schlafen und lernen musste es genügen.

Als ich die richtige Etage erreicht hatte, brannten meine Armmuskeln. Ab jetzt konnten die Rollen wieder ihre Dienste übernehmen. Auch hier oben herrschte reges Treiben und ich hatte das Gefühl, dass diese lockere Atmosphäre nicht ganz echt war.

Die Tür mit der Nummer 304 befand sich auf der rechten Seite des linken Flures. Ich fand es auf Anhieb, doch die laute Musik darin hielt mich davon ab zu klopfen. Er würde es sowieso nicht hören. Ich atmete tief ein und drückte die Klinke hinunter. Ohne ein Quietschen ließ sich die Tür öffnen und mein erster Eindruck verschlug mir prompt die Sprache.

Vor einem der Betten lag ein muskelbepackter Adonis und stemmte Kurzhanteln, die so schwer aussahen wie mein Koffer. Außer weißen Shorts trug er nichts. Zum Takt eines Hiphop Tracks von T.I. drückte er die chromlackierten Metallgewichte nach oben. Die trainierten Muskeln seines braun-gebrannten Sixpacks zuckten dabei hypnotisch im Glanz der hineinscheinenden Sonne.

Ich vergaß zu atmen, bis mein Organismus mich dezent darauf hinwies, dass es lebensnotwendig war. Ich sog scharf die Luft ein und das Geräusch schien zu reichen, um seine Aufmerksamkeit auf mich zu lenken. Er blickte kurz zu mir, ohne auch nur ansatzweise aus dem Takt zu kommen und fragte: „Was willst du?" Ich räusperte mich und ließ den Blick von ihm ab. Das Zimmer war größer als ich vermutet hatte. Die breite Fensterfront brachte viel Licht hinein, die Wände waren hell aber nicht weiß gestrichen. In der Mitte hing ein großer schwarzer Boxsack. Vor einem hohen Bücherregal lag eine Langhantel, ein breiter Schreibtisch hatte Platz für zwei gegenüberliegende Rechner.

Ich entdeckte ein Hochglanzposter an seiner Seite der Wand. Erst auf dem zweiten Blick erkannte ich, dass darauf Liam selbst zu sehen war – in einer durchaus erotischen Pose. Ganz schön selbstbewusst. Oder selbstverliebt? Aber ich verbot mir, vorschnell zu urteilen. Als ich auf seine Frage nicht reagierte, legte er die Hanteln zur Seite. Katzengleich sprang er auf und stand plötzlich vor mir.

Er war nur ein paar Zentimeter größer als ich, doch seine Gestalt war mehr als imposant. Eher einschüchternd. Intuitiv ging ich einen Schritt zurück. Ich spürte den Koffer an meinen Hacken. „Was willst du hier?", fragte er noch einmal ein-dringlicher. Seine smaragdgrünen Augen funkelten aggressiv und ich beeilte mich nun, meine Sprache zurückzugewinnen.

„Ich bin Mei Jing. Dein neuer Mitbewohner. Nett, dich kennenzulernen." Höflich streckte ich die rechte Hand nach vorne. Liam verdrehte die Augen und ging zu seiner Langhantel. Er hob sie hoch als wäre sie aus Schaumstoff. Als sie über ihm schwebte, sagte er ohne ein Anzeichen von Anstrengung:

„Ich bin Liam. Ich studiere Sport und Literatur. Nein, das ist kein Widerspruch. Ich trainiere drei bis vier Stunden täglich, außer sonntags. Ich rauche und trinke nicht. Rauchen ist hier strengstens untersagt. Ab zehn Uhr ist Nachtruhe und ich bitte dich, dich daran zu halten. Wenn du ein Buch aus meinem Regal nimmst, breche ich dir die Handgelenke, es sei denn, du fragst vorher. Dasselbe gilt für meine Smoothies im Kühlschrank. Beim Bad putzen wechseln wir uns wöchentlich ab. Noch Fragen?" Ich schüttelte energisch den Kopf.

Erst jetzt ließ er die Hantel wieder herunter. Er warf sich wieder auf den Boden und begann mit Liegestützen. Ich schloss die Tür und hievte mit lautem Stöhnen meinen Koffer auf das Bett. Als ich den Reißverschluss öffnete, hörte ich hinter mir eine Frage: „Wieso eigentlich Mei Jing? Ich dachte, du kommst aus Paraguay."

Erstaunt drehte ich mich zu ihm um. Er hatte mit den Liegestützen nicht aufgehört. „Woher weißt du das?" Ich hatte es ihm nicht erzählt. Sein strammer Hintern zeichnete sich vorteilhaft unter den hautengen Shorts ab. „Nach dem zweiten Mitbewohner habe ich angefangen, mich vorher zu erkundigen, mit wem ich das Zimmer teilen soll." Zu meiner Enttäuschung drehte er sich und begann mit Crossover-Crunches.

Dabei erläuterte er, was er über mich erfahren

hatte: „Du kommst aus San Pedro, willst Chirurg werden und heimlich singst du gerne Musicals. Deine Eltern sind geschieden, dein Vater wohnt hier in der Stadt. Deine Lieblingsserie ist 'Grey's Anatomy' und als letztes hast du 'Fifty shades of Grey' gelesen. Was wäre die Welt ohne Facebook?"
Nun hielt er plötzlich inne und lächelte zum ersten Mal. Strahlend weiße Zähne tauchten zwischen seinen sinnlichen Lippen hervor. Die kräftige Nase passte zum markanten Kinn und die hohen Wangenknochen strafften die eh schon glatte Haut. Das Lächeln war so entwaffnend, dass ich wegschauen musste. Bestimmt wurde ich puterrot.
„Mein Vater ist Chinese", antwortete ich kleinlaut. Ich fand meinen Schrank und beschloss, meine Tasche auszupacken. Ich wendete mich von Liam ab. Mit Eifer räumte ich meine Klamotten, CDs und Bücher ein. Ich stellte meinen Laptop auf den Schreibtisch und als ich mein Smartphone ans Ladekabel anschloss, stand Liam plötzlich hinter mir: „Barbra Streisand? Die hörst du gefälligst nur über Kopfhörer!" Erschrocken drehte ich mich zu ihm um. Er hielt das neue Album in der

Hand, als wäre es eine tote Ratte. Ich stand nah genug vor ihm, um seinen Geruch wahrzunehmen – eine stimulierende Mischung aus Zimt, Oregano, Weihrauch und Männerschweiß. Mein Knie wurden weich wie Butter, als er sagte: „Musikalisch sind wir eindeutig nicht kompatibel."

Vorsichtig legte er die CD auf dem Schreibtisch ab. Mich wunderte, dass er sich nicht darüber lustig machte, dass ich überhaupt noch dieses Medium benutzte. Eine Eigenart, die mich immer mit Spott begleitete. Natürlich hatte ich einen Account bei iTunes und auf meiner externen Festplatte befand sich jede Menge Musik. Doch bei Künstlern, die mir am Herzen lagen, machte ich eine Ausnahme. Ich fühlte mich ihnen näher, wenn ich das Booklet besaß.

Vermutlich empfand Liam so etwas als völlig belanglos, denn er wendete sich schnell wieder ab und widmete sich seinem Schrank. Mit dem Rücken zu mir gewandt, sagte er: „Du kannst dich gerne noch weiter häuslich einrichten. Ich muss jetzt zu einem Arbeitskreis. In circa zwei Stunden bin ich wieder da." Er nahm Kleidung heraus und legte sie ordentlich auf sein Bett. „Vorher spring ich noch schnell unter die Dusche. Vielleicht kannst du in der Zwischenzeit deine Nummer in mein Handy speichern. Dann rufst du dich darüber kurz an. Falls irgendetwas sein sollte." Er drückte mir sein schwarzes Blackberry in die Hand und verschwand im Bad.

Ich blieb perplex zurück. Diese extrovertierte Art war völlig neu für mich. Als das Display anging, erwartete ich ein Bild seiner Freundin, doch es war das Bild einer Raubkatze. Ich vermutete, dass es ein Jaguar war. Die Versuchung, durch seine Ordner zu stöbern war groß. Aber ich beherrschte mich. Vertrauensvoll speicherte ich mich ein und drückte die grüne Taste.

Dann fiel mir ein, dass mein Klingelton von Miley Cyrus war. Ich wollte mir nicht noch so einen Spruch anhören. Panisch griff ich mein Telefon und steckte es unters Kopfkissen. Die Melodie war kaum zu hören und ich atmete erleichtert aus. Keine Minute zu früh, denn schon kam Liam wieder aus dem Bad. Ein blaues Handtuch verhüllte nun, was vorher die Shorts versucht hatten. Es sah so aus, als wenn seine Haut noch dampfte. Seine kurzen dunklen Haare waren noch nass und kräuselten sich leicht. Ich wollte den Blick von ihm abwenden, doch meine Augen gehorchten mir nicht.

Als er bei seinem Bett ankam, glitt das Handtuch zu Boden. Er musste spüren, dass ich ihn ansah, doch er drehte sich nicht um. In aller Seelenruhe zog er sich vor mir an und ihm war es völlig egal, dass ich dabei alle Details zu Gesicht bekam. Er brauchte sich definitiv nicht verstecken.

Als er sich seine Notebook-Tasche umhängte, fragte er trocken: „Hat dir die Show gefallen? Heute Abend darfst du dich revanchieren." Mit einem dicken Grinsen im Gesicht lief er zur Tür hinaus.

Noch fünf Minuten lang stand ich an derselben Stelle. Mir war nicht nur die sinnbildliche Kinnlade heruntergefallen, sie lag zerschmettert am Boden. Mein Puls lief Marathon? Er wollte, dass ich mich vor ihm auszog? Oder war das Ironie gewesen? Ich trieb zwar Sport, aber eher gesellige Arten wie Basketball. Auch wenn ich nicht sonderlich gut war. Gerne ging ich mit Freunden zum Schwimmen.

Aber mit Krafttraining hatte ich nichts am Hut. Und dementsprechend sah auch meine Figur aus. Schlank und drahtig. Ich warf einen Blick auf die Kurzhanteln, aber bis heute Abend würde ich keine nennenswerte Erfolge erzielen können. Außerdem taten meine Arme noch vom Koffer schleppen weh.

Im gewissen Sinne hatte er Recht. Auf so engem Raum lebend blieben nicht viele Geheimnisse. Es war nur eine Frage der Zeit, bis er alles von mir kannte. Erschlagen setzte ich mich an den Schreibtisch.

Ich schaltete den Rechner ein und hoffte, meine beste Freundin bei Skype zu finden, aber leider Fehlanzeige. Dafür aber meine Mutter. Ich klickte auf den Button für Videotelefonie und schon erschien sie am Bildschirm: „Che kunumi! Bist du gut angekommen? Wie ist L.A.?" Ich konnte es nicht ausstehen, dass sie mich so nannte. 'Ihr Baby' war ihr schon lange nicht mehr.

„Von der Stadt habe ich noch nicht viel gesehen. Der Flughafen ist riesig. Das Uni-Gelände auch. Soll ich dich mal durch mein Zimmer führen?" Sie nickte in die Kamera. Ich stand auf und nahm den Laptop mit in die Mitte des Raumes. Ich begann an der Fensterfront und drehte mich langsam im Uhrzeigersinn.

Währenddessen kommentierte ich die Eindrücke: „Dort ist das Badezimmer. Dann kommt mein Schrank, mein Bett und der kleine Nachttisch. Unsere Zimmertür, gefolgt von Liams Schrank." Hier unterbrach sie mich: „Dein Mitbewohner heißt Liam? Also ein Amerikaner. Ist er denn nett?" Ich schwenkte die Kamera auf das große Poster und sagte stockend: „Ähm... das ist er."

Meine Mama fing herzlich zu lachen an. „Das bleibt wohl dein Traum, che ra'a!" 'Mein Sohn' gefiel mir schon besser. Es war kein Wunder, dass sie mir nicht glaubte. Liam war auch zu schön, um wahr zu sein. Trotzdem wohnte ich nun mit ihm zusammen und ich hatte nicht die geringste Idee, wie ich das aushalten sollte.

„Das ist er wirklich, sy tayhu! Er hat tatsächlich ein Bild von sich selbst über dem Bett hängen." Ich zeigte ihr auch den Boxsack und die Hanteln auf dem Fußboden. Meine Führung endete beim Schreibtisch. „Hast du ihm gesagt, dass du schwul bist? Sag es lieber nicht! Von dem möchtest du nicht verprügelt werden!"

Ihre Angst vor Schwulenfeindlichkeit kannte keine Grenzen. Dabei hatte ich noch gar keine negativen Erfahrungen gemacht. Oder überhaupt welche. Ich war es Leid, mit ihr darüber zu diskutieren. Lieber ließ ich sie in dem Glauben, er wüsste es nicht. Dann schlief sie ruhiger. Wir beendeten beide das Gespräch mit „Jajoechapeve."

'Auf Wiedersehen.' Das würde allerdings noch dauern. Ich war nun abgelenkt genug, um den morgigen Tag ein wenig zu strukturieren. Heute hatte ich noch Ruhe, aber morgen früh würde es direkt mit einer Einführungsveranstaltung losgehen.

Auf dem Lageplan des Geländes hatte ich mir bereits markiert, wo meine Vorlesungen stattfinden würden. Ich stellte meinen Handywecker auf sieben Uhr früh. Um acht sollte es anfangen. Liam schien nicht lange im Bad zu brauchen, daher war das kein Problem. Und schon war mein Kopfkino wieder im Gange. Wie Blitze schossen mir die Bilder in den Schädel.

Die definierte Rückenmuskulatur, die schmale Taille, das Tattoo auf dem Knackpo. Ein kleines Messer auf der rechten Backe, mit einer glatten und einer geriffelten Seite, zeigte mit der Spitze verführerisch auf das

Zentrum seines Hinterns. Bei dem Gedanken daran kam Bewegung in meine Lendengegend und ich bekam Lust, etwas gegen den Druck zu tun. Doch in dem Moment schwang die Tür auf. Liam war zurück. Hastig rückte ich näher an den Schreibtisch, damit er die Ausmaße meiner Fantasie nicht zu sehen bekam. „Du bist ja schon zurück!", sagte ich plump. Er stellte seine Tasche zur Seite und setzte sich zur mir an den Tisch: „Die anderen hatten keine Lust mehr. Sie wollten noch zum Strand gehen. Mit der Einstellung schaffen sie die Prüfung nie." Ich war dankbar, dass er die Klamotten anbehielt. Das weiße T-Shirt ließ zwar wenig Raum für Spekulationen, aber es brachte doch ein wenig Distanz. „Sorry, falls ich dich vorhin erschreckt habe. Ich mag klare Verhältnisse. Dann gibt es keine Probleme." Er sah mir direkt in die Augen. Mir schien, als würde er tief in meine Seele blicken und ich war hypnotisiert.

Mein Blick verlor sich im Smaragdgrün seiner Iris. Bis Pharell Williams seinen Song „Happy" im Raum verteilte. Liams Handy klingelte. Er wartete den ganzen Refrain ab, bevor er den grünen Button nach rechts wischte: „Hi Süße!

Alles klar bei dir?" Er stand auf und ließ mich am Tisch zurück. Während des Telefonats nahm er eine der Kurzhanteln und trainierte. Zwischendurch wechselte er den Arm. Das Gespräch ging ungefähr zehn Minuten. Es endete mit Liams Worten: „Wir sehen uns dann in einer halben Stunde."

Er schaute auf seine Armbanduhr, nachdem er aufgelegt hatte. „Was hast du denn heute noch so vor? Das war gerade Jade. Sie holt mich hier nachher ab. Sie will mich im Squash schlagen. Dann gehen wir etwas essen. Ich denke aber nicht, dass es spät wird."

Natürlich hatte er eine Freundin. Hatte ich es doch gewusst! Und sportlich fit war sie auch noch. Ich brauchte Ablenkung.

„Ich denke, ich werde mir mal den Campus genauer anschauen. Ein wenig spazieren." Während Liam seine Sporttasche zusammenpackte, sagte er: „Das ist eine gute Idee. Es gibt ein nettes Studenten-Café im 'Centre'. Dort gibt es eine tolle Auswahl an frisch gepressten Säften. Außerdem findest du dort eine große Pinnwand, wo häufig auch Plakate für Partys hängen. Es ist gut, sich eine feste Community aufzubauen."

Das klang vernünftig. Der Lageplan lag noch vor mir. Das Café war mit eingezeichnet. „Dann mache ich mich mal auf den Weg." Ich packte mein Handy in die Hosentasche. Liam ignorierte, dass ich es unter dem Kopfkissen hervor kramte. Ich wollte schon zur Tür hinaus, doch er hielt mich davon ab, in dem er sich direkt vor mich stellte. Sein Geruch war betörend und ich wollte gar nicht mehr weg. Er griff in seine Hosentasche: „Du brauchst doch noch den Schlüssel." Mit hochrotem Kopf nahm ich das silberne Metallstück entgegen. Dann gab er den Weg frei. Ich flüchtete regelrecht aus dem Zimmer. Auf dem Flur atmete ich tief ein und aus. Wie sollte ich mich in seiner Anwesenheit aufs Studieren konzentrieren?

Ich trabte gemütlich die Treppenstufen hinunter. Draußen empfing mich eine angenehme Wärme. Als ich an einer heißen Blondine vorbeiging, fragte ich mich, ob das Jade war. So stellte ich mir jedenfalls den Typ Frau vor, mit dem Liam sich vergnügte.

Das Café war nicht schwer zu finden. Schon drum herum saßen scharenweise Studenten mit dampfenden Kaffeebechern, bunten Smoothies und in der Sonne glänzenden Wasserflaschen. Ich zog an ihnen vorbei. Innen drin war noch mehr Gewusel. Überall saßen Frauen und Männer in kleinen Grüppchen zusammen. Es wurde gelernt, geflirtet und gelästert.

Ich schob mich durch die Menge Richtung Theke. Fünf Leute waren noch vor mir dran. Zuerst wollte ich das Angebot sichten, doch mein Fokus fiel auf den Verkäufer hinter dem Tresen. Er musste selbst ein Student sein, braungebrannt, mit breiten Schultern und sonnengebleichtem Haar. Er trug es kinnlang und strich eine Strähne immer wieder hinter das rechte Ohr.

Fast schwarze große Augen strahlten jedem Kunden mit freundlicher Güte entgegen. Er trug ein fliederfarbenes Hemd, dass er weit genug aufgeknöpft hatte, um seine strammen rasierten Brustmuskeln spielen zu lassen. Ich war mir sicher, dass viele der Mädchen nur wegen ihm hier waren. Und er wusste das auch.

Die Schlange wurde kürzer und ich würde gleich dran sein. Noch immer hatte ich keine Ahnung, was ich bestellen sollte. Viel zu schnell war ich an der Reihe: „Hey, was kann ich dir anbieten?" 'Jemanden wie dich auf einem silbernen Tablett', dachte ich. Stattdessen fragte ich leise: „Was kannst du mir denn empfehlen?"

Er lachte selbstbewusst: „Du bist neu hier. Das sehe ich sofort. Dein Gesicht hätte ich mir gemerkt."

Ich wusste nicht, ob das ein Kompliment oder eine Beleidigung sein sollte. Ich lächelte trotzdem und bekam ein hinreißendes Lächeln zurück. „Ich denke, du bist ein Cappuccino-Typ. Ich mache dir auch einen Doppelten." Ich nickte tapfer, aber auch diese Einschätzung konnte sowohl als auch sein. Trotzdem war ich irgendwie dankbar, kein 'Smoothie-Typ' zu sein. Ich reichte ihm einen Fünf-Dollar-Schein, dafür bekam ich einen frisch aufgebrühten Cappuccino im Pappbecher.

Hinter mir hatte sich die Schlange wieder verlängert, sodass ich Platz machen musste. Mein Blick fiel auf die Pinnwand und ich drängte mich an den Massen vorbei, bis ich direkt davor stand. Sie hatte ungefähr die Größe einer Tischtennisplatte und war voll gepinnt mit Informationen. Ich konnte mir das unmöglich allein einprägen.

Kurzentschlossen griff ich mein Smartphone und

machte von allem, was mich interessierte, Schnappschüsse. Es gab haufenweise Clubs und die verschiedenen Verbindungshäuser machten jede Menge Partys. Ich würde wohl nicht darum herum-kommen, einige davon zu besuchen, wenn ich neue Leute kennenlernen wollte.

„Findest du die Auswahl nicht auch völlig übertrieben? Wir werden kaum Zeit haben, davon etwas wahrzunehmen." Ein Mädel in meinem Alter hatte sich neben mich gestellt. Sie war groß, schlank und die wallende dunkle Mähne umrahmte ein zartes Gesicht: „Ich bin Chloé. Heute erst angekommen. Und du?" Sie lächelte adrett und ich fand sie sofort sympathisch. „Mei Jing. Bin frisch eingeflogen. Und ja, diese Auswahl ist einfach zu viel. Wer soll sich da entscheiden?"

Ich überflog die Flyer für die Erstsemester-Partys, acht an der Zahl. „Gehst du zu einer hin? Ich hatte es vor, aber nicht zu lange, sonst schaffe ich es morgen nicht rechtzeitig aus dem Bett."

Ihr Lachen war ein wenig schrill, aber erträglich. „Sinnvoll wäre es ja, um schon mal ein paar Leute kennenzulernen. Ich möchte nicht ausschließlich mit Medizin-Studenten abhängen."

Ein Grinsen umspielte ihre rot geschminkten Lippen: „Ich will auch Medizin studieren." Ich seufzte belustigt: „Und schon ist es passiert. Haben sich zwei gefunden." Ich lachte. Es war das erste Mal in L.A.. Wir setzten uns draußen in den Schatten eines Baumes. Sie hatte sich im Café noch schnell einen Moccacino besorgt und mit dieser vollen Dröhnung Koffein unterhielten wir uns. „Zu welcher Party gehen wir denn nun?", fragte ich hilflos. Chloé schien einen Plan zu haben, denn sie ignorierte die Flyerflut völlig: „Mein älterer Bruder ist Mitglied bei 'Omega Xi Delta'. Einige seiner Freunde kenne ich schon. Das würde sich anbieten." Sie lehnte sich gemütlich an die Palme, als wären sie befreundet. Ich saß eher etwas verkrampft daneben.

„Okay, dann nehmen wir die. Wie spät wollen wir dorthin? Ich möchte weder der erste noch der letzte sein." Sie kicherte und ich fragte mich, warum sie ausgerechnet mit mir abhing. Bis auf das gleiche Berufsziel hatten wir nichts gemeinsam. Das schien sie aber nicht weiter zu stören:

„Wir treffen uns um acht Uhr vor dem Eingang des Wohnheims. Ich habe allerdings noch keine Ahnung, was ich anziehen soll." Ich betrachtete ihr aktuelles Outfit. Sie trug dunkelblaue Skinny Jeans, dazu eine lachsfarbene Bluse und schöne Korksandalen mit Keilabsatz. Ich sah keinen Grund, warum sie was anderes anziehen sollte.

„Müssen wir uns dafür denn aufbrezeln? Ich dachte, wir wollten Leute kennenlernen und nicht auf eine Modenschau gehen." Sie kräuselte verstimmt die Lippen. Anscheinend lag ich damit falsch. „Was schlägst du vor?", fragte ich seufzend. Sie setzte sich gerade hin: „Mann, du hast doch eine gute Figur! Versteck sie doch nicht in solch weiten T-Shirts. Zeig, was du hast! Sonst wird das nie was mit Jackson!"

Ich versuchte, ihr gedanklich zu folgen, aber ich musste doch nachfragen: „Wer ist Jackson? Und was klappt nicht mit ihm?" Sie verdrehte die Augen und zeigte auf ihren Kaffeebecher: „Mein Bruder! Der hübsche Verkäufer am Tresen vom Café. Er hat ein Auge auf dich geworfen." Sie grinste.

Dann waren das wohl keine Beleidigungen

gewesen. Jetzt wurde ich nervös. „Auf mich? Ernsthaft? Sicher, dass er nicht den Typen hinter mir gemeint hat?" Sie verdrehte erneut die Augen: „Du meine Güte! Hast du dein Selbstvertrauen im Flugzeug vergessen? Komm jetzt. Wir holen uns eine Kleinigkeit zu essen und dann plündern wir deinen Kleiderschrank." Mit Schwung stand sie auf und ich hatte das Gefühl, dass jeglicher Widerstand zwecklos war. Sie zog mich hinter sich her und ich fügte mich meinem Schicksal.

Mit belegten Baguettes bewaffnet erklommen wir die Treppen in den dritten Stock. Als ich die Zimmertür aufschloss, fragte ich mich, welches Bild ich bei den vorbeigehenden Studenten hinterließ. Ich war erst vier Stunden hier und nahm schon ein hübsches Mädchen mit aufs Zimmer. Wahrscheinlich hatte ich nun den Ruf eines üblen Players, aber das war mir egal.

„Wow, das ist ja ein Fitnesstempel, in dem du eingezogen bist! Jackson mag sportliche Typen." Ich dachte an Liam und musste grinsen. Dann fiel mein Blick auf mein Spiegelbild. Mitleidig sah ich an mir herab. Ich hoffte, dass Chloé wusste, was sie tat. Als sie auf meinen Kleiderschrank zeigte, nickte ich ihr zu: „Tue dir keinen Zwang an. Wenn du was findest, nimm es heraus." Ich setzte mich aufs Bett.

Mir fiel auf, dass ich noch nicht viel von ihr wusste: „Wie ist denn deine Mitbewohnerin? Und woher wusstest du, dass ich schwul bin?" Sie nahm eine beige Chino aus dem Regal, die ich noch nie angezogen hatte, weil sie meiner Meinung nach zu eng saß. „Mein Bruder hat mich gut geschult. Mein 'Gaydar' ist mittlerweile unschlagbar. Ich erkenne euch auf 300 Meter Entfernung."

Sie entdeckte ein weißes T-Shirt, dass meine Mutter mir geschenkt hatte. Ich fand den Ausschnitt viel zu groß, ihr zuliebe hatte ich es trotzdem eingepackt. „Meine Mitbewohnerin scheint ganz cool zu sein. Sehr hübsch, sehr clever, sehr blond. Ihr Name ist Jade." Ich glaubte nicht an Zufälle. Das musste sie sein. Liams Freundin. Jetzt war sie nicht nur sportlich und attraktiv, sondern auch noch clever und cool. Ich begann in dem Moment, sie zu hassen.

„Hast du noch andere Schuhe außer den schwarzen Chucks hier?" Sie zeigte auf meine abgelatschten Lieblingsschuhe. Ich trug sie eigentlich immer, zu allem. „Da unten drin sind noch braune Sandaletten. Und ein paar schwarze Lederschnürschuhe, für schicke Anlässe und Beerdigungen."

Sie lachte und griff sich das rehbraune Paar heraus. Ihr Blick glitt von ihrem ausgesuchten Outfit zu mir und sagte zufrieden: „Das wird funktionieren. Mit den Haaren machen wir auch noch was. Jackson wird dir aus der Hand fressen." Ich wollte erwidern, dass ich das auf keinen Fall so anziehen würde, aber ihre Augen blitzten siegessicher. Sie ließ mir keine Wahl. „Ich weiß jetzt auch, was ich anziehe! Ich habe ein sexy Etuikleid in der Farbe deiner Sandaletten. Wir werden bombastisch zusammen aussehen."

Sie freute sich wie ein kleines Kind und allmählich steckte sie mich damit an. Ohne zu zögern zog ich mein T-Shirt aus. Sie sah mir dabei ungeniert zu. Die Chucks und Socken verstaute ich unter dem Bett. Beim Ausziehen der Hose zögerte ich. Gleich würde ich so gut wie nackt vor einem fremden Mädchen stehen. „Na los! Wir haben nicht ewig Zeit. Außerdem habe ich Hunger." Ich zog auch die Hose aus und ich spürte, wie ihr Blick an meinem

Schritt hängenblieb.

Heute morgen hatte ich eine hellblaue Retropants gewählt. Die übergroßen Konturen zeichneten sich darauf deutlich ab. In der Hinsicht hatte ich anatomisch gesehen mehr als nur Glück gehabt. Beschämt drehte ich mich zur Seite und griff nach der Chino.

Ihre Fassung schien ebenfalls nachzulassen, denn sie stürzte sich mit Feuereifer auf meine CD-Sammlung. Als ich das Outfit komplett anhatte, fragte ich beim Blick in den Spiegel: „Na, was meinst du? Kann ich so vor die Tür gehen?" Der tiefe V-Ausschnitt zeigte meiner Meinung nach zu viel nackte Haut und die enge Hose schmiegte sich zwar bequem an meinen Körper, aber sie zeigte alles her. Dafür waren die Sandaletten erstaunlich bequem. „Ich finde, du siehst heiß aus! Meinem Bruder wird die Zunge herausfallen. Und jetzt lass uns etwas essen."

Ich zog das T-Shirt wieder aus, denn ich wollte keine Flecken darauf haben. Die Baguettes waren lecker und die perfekte Grundlage für eine Party. Nachdem ich mein Outfit wieder komplettiert hatte, schleppte Chloé mich ins Bad.

Mein fast schwarzes Haar trug ich kurz und unscheinbar. Sie trockneten schnell und waren pflegeleicht. Ich hatte eine kleine Tube Haargel eingepackt, dass ich nur selten benutzte. Mit geübten Fingern zuppelte sie an mir herum. Als sie fertig war, betrachtete ich mich staunend. Irgendwie hatte sie es geschafft, dass ich smart und sexy aussah. Ich fühlte es sogar.

„Sogar deine Haltung hat sich verändert. Du stehst viel gerader und selbstbewusster als vorher." Ich war ihr für diese Verwandlung unendlich dankbar. Spontan umarmte ich sie und sie drückte enthusiastisch zurück. Genau in dem Moment kam Liam zur Tür herein:

„Was zum Teufel geht denn hier ab?" Blitzschnell ließ ich von ihr ab und versuchte, mich zu rechtfertigen: „Es ist nicht so, wie du denkst!" Liam stemmte die Hände in die Hüften: „Was denke ich denn, hm?" Ich stellte mich beschützend vor Chloé. Liam schaute mir direkt in die Augen, dann fing er auf einmal an zu grinsen: „Mach dir nicht in die schicke Hose, Mann! Über Besucher haben wir noch gar nicht geredet. Ich konnte ja nicht ahnen, dass du dir sofort eine heiße

Chica aufreißt."

Er ging einfach an mir vorbei und stellte sich vor: „Hi, ich bin Liam. Sorry, dass ich hier so hereingeplatzt bin. Ich muss mich erst wieder daran gewöhnen, einen Mitbewohner zu haben." Er reichte ihr sogar die Hand. „Ich bin Chloé, Mach dir keinen Kopf. Ich habe Mei Jing nur dabei geholfen, seinen Look weniger nach High school und mehr wie College aussehen zu lassen." Sie lächelte kokett und selbstbewusst. Von Liam schien sie keineswegs beeindruckt zu sein.

Nun musterte er mich von oben bis unten: „Jepp, eindeutig eine Verbesserung. Wollt ihr noch irgendwo hin?" Ich hatte mich wieder einigermaßen im Griff: „Ihr Bruder gehört zu Omega Xi Delta. Die veranstalten eine Erstsemester-Party. Kennst du Jackson? Er könnte in deinem Jahrgang sein." Liams Gesicht verfinsterte sich: „Du bist eine Montgomery?" Chloé kicherte: „Du sagst das, als wenn es etwas Schlimmes wäre!" Provozierend hieb Liam mit voller Wucht gegen den Boxsack. Ich hätte mir bei dem Schlag eindeutig die Hand gebrochen – mehrfach. „Mag sein, dass es Schlimmeres gibt, aber eure Familie ist auf jeden Fall in den Top 10!" Chloé schaute ihn böse und funkelnd an:

„Na los, Mei Jing, meine Anwesenheit ist hier nicht länger erwünscht. Wir gehen zu mir." Ich verstand seine Reaktion nicht, aber ich wollte ihn lieber nicht in Rage bringen. Bei Gelegenheit würde ich fragen, was das sollte. Ich griff mein Handy und die Schlüssel. Als ich die Tür aufmachen wollte, kam Liam ganz nah an mich heran und ich dachte schon, er würde mich am Gehen hindern. Aber er flüsterte mir nur ins Ohr: „Gehe ruhig auf diese Party. Aber halte dich von Jackson fern! Der ist gefährlich."

Verwirrt nickte ich nur. Die Tür fiel hinter uns ins Schloss: „Dein Mitbewohner ist ja wirklich nett. Die Muskeln haben wohl sein Hirn benebelt." Ihre Worte trieften vor Sarkasmus. Erneut hatte ich das Bedürfnis nach Rechtfertigung: „Er ist eigentlich echt okay. Ich weiß auch nicht, was das gerade sollte." Obwohl es verlockend war, verschwieg ich ihr lieber, wie toll ich ihn wirklich fand.

„Und was hat es mit den Montgomerys auf sich?" Sie seufzte und suchte nach den passenden Worten, während wir über den Flur liefen:

„Mein Vater ist ein großes Tier in der Politik. Sehr konservativ. Sehr reich. Geht gerne über Leichen. Mein Bruder soll in seine Fußstapfen treten."

Wir liefen gemütlich die Treppe hinunter. Ihr Zimmer lag im Erdgeschoss. Vielleicht würde ich gleich auf Jade treffen. Ob sie wirklich so blond und cool und clever war? „Und deswegen soll er gefährlich sein?" Wir ließen die letzten Stufen hinter uns und bogen in den rechten Flur hinein: „Nun ja, sagen wir es mal so: Er kann schon sehr berechnend sein. Und mit seiner charmanten Art und dem guten Aussehen kommt er leider mit allem durch. Mit allem. Deswegen wäre es mal schön, wenn mal jemand an seinem Ego kratzen würde."

Abrupt blieb ich stehen, während Chloé noch nach dem Schlüssel suchte: „Das ist hoffentlich nicht der Grund, warum du mich damit hinnimmst!" Sie hörte auf zu suchen und drehte sich schnell zu mir um: „So habe ich das doch gar nicht gemeint! Ich habe das nur so dahin gesagt." Hartnäckig blieb ich am Thema: „Ich lass mich jedenfalls nicht in irgendwelche Intrigen einspannen. Ich habe alle drei Teile von 'Eiskalte Engel' gesehen und weiß noch genau, wie die ausgehen. Irgendwer wird dabei immer verletzt!"

Ich musste lauter geworden sein, denn auf einmal ging vor uns die Tür auf. Im Türrahmen stand Jade. Wir musterten uns gegenseitig und es war klar, dass wir keine Freunde werden würden. Sie war eine Mischung aus durchtrainierter Barbie und einem Playboy-Bunny. Hugh Hefner würde sich freuen. „Was schreit ihr hier denn so herum? Kommt lieber herein, damit ich jedes Wort verstehe!" Sie grinste hämisch. Ihr zu kurzer Bademantel verdeckte völlig unzureichend ihre wahrscheinlich operierten Vorzüge.

Mir fiel dazu nur „mbói py'arova' ein, was ungefähr sowas wie 'böse Schlange' bedeutete. „Das ist Mei Jing. Wir wollen zusammen auf eine Party gehen", sagte Chloé im Vorbeigehen. „Kannst du ihn unterhalten, während ich mich fertig mache?" Als ich hinein ging, empfing mich ein Traum aus Violetttönen. Lila, Flieder, Rosa, Mauve, Purpur und Pflaume - alles war irgendwie violett. Bettdecken, Kissen, Vorhänge, sogar der Laptop war pink. Ich fand es grässlich, aber ich verkniff mir jegliche Kommentare.

Jade bot mir überfreundlich einen Stuhl an: „Ich habe schon von dir gehört. Liam schwärmt geradezu von seinem neuen Mitbewohner!" Ich zog die Augenbrauen hoch: „Ach ja?" Das Gefühl hatte ich vor fünf Minuten aber nicht. Vielleicht hatte sie ihn doch beim Squash geschlagen. Das würde seine Laune von gerade wenigstens etwas erklären.

„Wie gefällt dir denn L.A.? Ich liebe diese Stadt!" Wenn du nicht da wärst, besser. Aber das dachte ich nur. Stattdessen sagte ich: „Nach einem Nachmittag kann ich noch kein Urteil fällen." Sie nickte verständnisvoll und erinnerte dabei an einen Wackeldackel. Leider brachte mich diese Assoziation zum Grinsen, was sie anscheinend als Lächeln interpretierte.

„Wo wollt ihr denn gleich hin?" Einfach nur weg von dir. „Zum Omega Xi Delta Haus." Sie hüpfte auf und ab, als hätte ich ihr eine weitere Schönheits-OP versprochen: „Jacksons Partys sind legendär! Ihr werdet dort viel Spaß haben. Leider kann ich nicht mitkommen, weil ich noch eine Seminararbeit fertig machen muss."

Oh nein, wie schade! Wie sollte ich die Party

bloß ohne sie überleben? Ich schaute absichtlich auf die Uhr. Als wäre das ein Signal gewesen, kam Chloé aus dem Bade-zimmer. Erleichtert seufzte ich auf. „Hey, du siehst toll aus!", rief ich spontan aus und meinte es auch so. Das rehbraune Kleid endete knapp über den Knien und war hauteng. Der tiefe runde Ausschnitt zauberte ihr ein traumhaftes Dekolleté. Sie trug dazu silberne Riemchen-Sandalen mit hohem Absatz. Aus ihrem Schrank holte sie die dazu passende Clutch heraus. „Fertig!"

Sie hakte sich bei mir unter und gemeinsam schlenderten wir zur Tür hinaus. Jade schleuderte uns noch ein „Tut nichts, was ich nicht auch tun würde!" hinterher und ich schwor mir, garantiert nichts zu tun, was sie tun würde. Im Gegenteil. „Wie findest du meine Mitbewohnerin?", fragte Chloé, kurz nachdem wir das Wohnheim hinter uns gelassen hatten.

Es war noch immer hell, aber ich spürte, wie die Nacht den Tag ablöste. „Sag mir bitte, dass ich mit einer Lüge antworten darf!", bettelte ich. Meine schöne Begleiterin grinste vergnügt: „Aber gerne doch! Die Wahrheit ist oft einfach zu brutal." Ich lachte dankbar:

„Ich finde sie hinreißend! Entzückend! Einfach genial." Sie fiel in mein Gelächter ein und wir kicherten den ganzen Weg weiter, bis wir ganz plötzlich vor dem richtigen Haus standen. „Da wären wir", sagte Chloé ein wenig feierlich. Ich war sichtlich beeindruckt. Es war für mich eher eine Villa als ein Haus und besaß offensichtlich drei Etagen.

Auf der Rückseite erwartete ich mindestens einen Pool. Als wir ankamen, schien die Party schon im vollen Gange zu sein. Allein auf der Veranda tummelten sich bestimmt 30 Leute. Ich war dankbar, dass ich nicht allein hineingehen musste. Chloé merkte wohl meine Nervosität, denn sie sagte leise: „Keine Panik. Die beißen nicht. Du schaffst das." Ich atmete tief durch, drückte die Schultern nach hinten, zog den Bauch ein und lief mit meiner bezaubernden Begleitung den Weg zur Veranda hoch.

Wir kamen nicht mal bis zum Eingang, als bereits die ersten „Hi Chloé!" zu uns herüber hallten. Sie war anscheinend bekannter, als ich dachte. Jeder lächelte sie freundlich an, grüßte oder umarmte sie. Mich beachtete keiner. Ich lief als ihr Anhängsel mit, war mehr Accessoire denn Mensch und schien ein weiteres Mal nur Statist in meinem eigenen Leben zu sein.

Bereits ziemlich genervt öffnete ich die Eingangstür. Chloé schlüpfte elegant an mir vorbei und verschwand in der Masse. Schätzungsweise dreihundert Studenten wuselten im Inneren herum, beziehungsweise verteilten sich im Garten. Durch die riesige Glasfront hinten entdeckte ich den obligatorischen Pool. Er hatte die Ausmaße eines Schwimmbades. Das türkisblaue Chlorwasser war ebenfalls angereichert mit Männern und Frauen und wie ich es deutete, spielten diese kein Wasserball. Irgendwer drückte mir einen Becher voll Bier in die Hand. Ich trug es eine Zeitlang mit mir herum, bis ich es auf einer Kommode abstellte. Sofort griff jemand anderes danach. Es machte mir nichts. Ich hatte sowieso nicht vorgehabt, es zu trinken.

Je näher ich der Tanzfläche kam, um so lauter wurde die Musik. Es war ein Song von Rihanna und der Saal tobte. Ich hörte ein wenig auf den Text und es imponierte mir, wie sie es schaffte, ihre favorisierten Sexpraktiken in Reime zu legen. Die Luft war nicht sonderlich gut, daher entschied ich mich dafür, den

Garten zu betrachten. Chloé hatte ich nicht wiedergefunden, trotz mehrerer Ansätze.

Allmählich wurde es kühler, aber es war weiterhin angenehm. Hier draußen lief andere Musik. Ruhiger und mehr im Hintergrund. Ich vermutete, dass eine Compilation vom 'Café del Mar' lief. Hier saßen und standen die Leute grüppchenweise und unterhielten sich. Ich bekam Durst und entdeckte hinter einer Horde leicht bekleideter Mädchen einen improvisierten Getränkestand.

Zuerst dachte ich, sie standen zufällig dort, doch als ich näher herankam, entdeckte ich den Grund für diese Koketterie. Jackson gab die Erfrischungen heraus. Und Chloé stand auch bei ihm: „Da bist du ja endlich! Wo hast du nur gesteckt?" Mein Gesicht wechselte die Farbe zu krebsrot. Ich stellte mich reumütig an ihre Seite: „Die ganzen Leute. Du warst so schnell weg. Ich habe dich gesucht, aber nicht gefunden." Sie strich mir beruhigend über den Rücken:

„Jetzt bist du ja da. Und das ist mein Bruder." Jackson reichte mir lächelnd die Hand: „Der Cappuccino-Typ! Ich erinnere mich. Freut mich, die kennenzulernen, Mei Jing." Er schüttelte energisch meine Hand und merkte anscheinend nicht, wie ich schmerzerfüllt die Zähne zusammenbiss. Ich hatte das Gefühl, meine Hand in einem Schraubstock eingeklemmt zu haben. Zum Glück ließ er schnell wieder los, sodass das Blut zurückfließen konnte. „Kann ich dir etwas anbieten?" Eis für meine Hand wäre nicht schlecht.

„Was hast du denn im Angebot?" Ich versuchte krampfhaft, nicht auf seine kräftigen Oberarme zu starren. Er trug ein dunkel-blaues Muskelshirt und es machte seinen Namen alle Ehre. „Ich habe hier einen Früchtepunsch, der es in sich hat. Wenn du morgen die erste Veranstaltung erleben willst, lass lieber die Finger davon. Ansonsten habe ich jede Menge Säfte. Ich könnte dir einen Cocktail mixen." Eigentlich hätte mir ein Mineralwasser gereicht, aber ich wollte ihm die Freude nicht nehmen. Ich nickte und wendete mich kurz zu Chloé: „Wie findest du die Party? Du kennst ja anscheinend schon alle. Mich hat bisher keiner wahrgenommen."

Ich erntete einen missbilligenden Blick: „Weil du dich verhältst, als wärst du unsichtbar. Das bist du aber nicht. Ich habe dich vorhin beobachtet. Du bist mit einer ablehnenden Haltung hier angekommen und die Menschen um dich herum spüren das." Ich überlegte, ob sie Recht hatte. War mein Verhalten so abwertend, dass mich die Leute automatisch mieden? Chloé war noch nicht fertig:

„Nehmen wir nur mal Jackson hier. Er macht dir extra einen leckeren Cocktail und du drehst ihm den Rücken zu. Welches Signal gibst du damit?" Mir war das gar nicht bewusst gewesen. Als ich hinüberschaute, schloss ihr Bruder gerade den Deckel des Shakers. Ich erntete erneut ein Lächeln und versuchte zurückzulächeln, aber es blieb bei einem schlechten Versuch. Mir fiel Liams Warnung wieder ein. 'Er ist gefährlich.' Und Chloé meinte, 'er käme mit allem durch.' Ich verkrampfte innerlich.

Diese drei Personen kannte ich erst wenige Stunden und ich ließ mich bereits von ihnen beeinflussen. Jackson beendete die Schüttelaktion und seihte die sämige Flüssigkeit in ein Glas mit zerstoßenem Eis. Die Farbe war undefinierbar und ich hoffe, dass es besser schmeckte, als es aussah. „Das ist ein Mix aus Guave, Kiwi, Grapefruit und Maracuja", sagte er stolz, doch er legte die Betonung des letztes Wortes auf das zweite A. Das klang so merkwürdig, dass ich in schallendes Gelächter ausbrach.

Nun wurde ich beachtet - aber nicht im positiven Sinne. Jackson und Chloé waren mein lautstarker Lachanfall mehr als unangenehm und ich hatte es mir mit ihrem Bruder wahrscheinlich gründlich verscherzt. Aber das interessierte mich nicht. Ich sollte doch Spaß haben! Den hatte ich, allerdings ging der Gag auf Jacksons Kosten. Als ich wieder zur Ruhe kam, schaute er mich wütend an.

Gleichzeitig schien er auch unsicher zu sein. Anscheinend hatte es vorher noch keiner gewagt, ihn auszulachen. Vor allem nicht vor seinen Gästen und Freunden. Chloé funkelte mich böse an und nickte in die Richtung ihres Bruders. Ich sollte mich entschuldigen. „Tut mir Leid, Jackson. Ich wollte nicht unhöflich sein. Es ist nur so, dass das Wort Maracuja aus meiner Heimatsprache stammt. Betont wird das U, nicht das A. Es hörte sich unglaublich witzig an. Es tut mir wirklich Leid."

Ich musste feststellen, dass er keinen Humor besaß. Das Lächeln, dass ich so mochte, kam nicht zurück. „Vergiss deinen Cocktail nicht", schleuderte er mir patzig entgegen und wendete sich einem anderen Erstsemester zu. Das hatte ich ordentlich vergeigt.

Verlegen drehte ich mich um und ging wieder hinein. Ich nippte an der Saftzusammenstellung. Ich schmeckte nur Maracuja und musste sofort wieder kichern. Ich drückte den Drink einem Mädchen in die Hand, das etwas verloren an der Seite stand. Dankbar nahm sie ihn an und trank sofort ein paar Schlucke: „Das ist lecker! Du bist auch neu hier, nicht? Ich bin Annabelle."

Ich betrachtete sie eingehender. Langes schwarzes Haar fiel ihr weich über die Schultern. Ihre hellbraunen Augen wirkten ein wenig traurig.

Auf den schmalen Lippen trug sie hellrosafarbenen Lip gloss und in ihrem linken Nasenflügel steckte ein kleines glitzerndes Piercing. Das Sommerkleid mit floralem Muster umspielte ihre üppigen Proportionen. Dazu trug sie schwarze Ballerinas. Sie passte noch weniger in diese Gesellschaft als ich und dass sie trotzdem hier war, entspannte mich irgendwie. Neben ihr konnte ich mehr ich selbst sein. „Ich bin Mei Jing. Diese Party ist so dermaßen Klischee, dass es schon fast weh tut." Sie lachte. Es klang weich und kristallklar. Angenehm.

„Ich habe mich selten so gelangweilt. Irgendwie sehen die Leute hier alle gleich aus. Wie aus dem Ei gepellt." Ich konnte ihr da nur zustimmen: „Nur Humor haben sie leider nicht. Ich habe es mir gerade gründlich mit dem hoch angesehenen Jackson Montgomery verscherzt. So süß, aber leider hirnlos." Annabelle sah mich mit großen Augen an: „Das ist aber keine gute Idee gewesen! Der lässt dich glatt von der Uni schmeißen." Ich lachte: „Wie bitte? Das ist doch Unsinn. Wie sollte er das denn anstellen?" Sie verdrehte die Augen: „Du weißt anscheinend nicht, wie das hier läuft. Seiner Familie gehört fast der ganze Campus. Sein Onkel ist einer der besten Professoren hier und sitzt im Uni-Vorstand. Von den Kontakten seines Vaters rede ich gar nicht erst. Stelle dich besser mit ihm gut, sonst kannst du deine Koffer gleich wieder packen."

Ich blickte durch die Fenster nach draußen. Jackson sagte etwas und alle um ihn herum lachten. Hatte er wirklich so viel Einfluss? Ich überlegte, wie ich meinen Fauxpas wieder gut machen konnte. Ich wies Annabelle an, mitzukommen und ging wieder nach draußen.

Es war dunkel geworden und eine Reihe brennender Fackeln gaben dem Garten nun ein fast romantisches Ambiente. Jacksons Schicht war anscheinend beendet, denn er stand nun am Pool. Er unterhielt sich mit zwei gutaussehenden Erstsemestern und sie himmelten ihn gnadenlos an. Ich setzte meinen ganzen Mut auf eine Karte. Zielstrebig lief ich auf die kleine Gruppe zu, zum Schrecken der beiden anderen ging ich direkt auf Jackson zu. Er funkelte mich zwar unfreundlich an, aber er ließ mich näher heran: „Kann ich kurz mal mit dir reden?" Er zögerte, aber sein Blick wurde etwas weicher. Mit der linken Hand zeigte er auf eine freie Bank und schleuste mich dorthin.

Ich spürte die Blicke der Anwesenden, vor allem Chloé und Annabelle beobachteten uns interessiert. Sie standen nur wenige Meter auseinander und doch lagen Welten zwischen ihnen. Jackson setzte sich, ohne seine bewusste Zurückhaltung zu verbergen. Er sagte gar nichts, sodass mir keine Wahl blieb, als direkt das Wort zu ergreifen: „Ich weiß, dass es gemein war, dich auszulachen und es tut mir wirklich Leid. Ich kann mir gut vorstellen, dass du jetzt sauer bist. Wenn ich etwas tun kann, um das wieder gutzumachen, ganz egal was, musst du es mir bitte sagen."

Ich wusste, dass ich mich damit sehr weit aus dem Fenster lehnte. Jetzt war es an ihm, mir entweder entgegenzukommen oder direkt den Fehde-Handschuh hinzuwerfen. Ich versuchte, seinem stechenden Blick standzuhalten. Seine Augen verrieten seine Gedanken. Ich ahnte bereits, worauf das hinauslaufen würde. Konnte ich tatsächlich so weit gehen?

Noch immer wartete ich auf eine Reaktion von ihm, doch er zögerte den Moment hinaus. Er genoss meine Unsicherheit und die Aussicht auf unbegrenzte Möglichkeiten. Dann beugte er sich plötzlich zu mir herüber und als er sich zu meinem Ohr vorbeugte, wirkte er fast wie ein hungriger Vampir: „Komm mit nach oben. Dort sage ich dir, wie du das wieder gutmachen kannst."

In dieser Nähe konnte ich endlich seinen Geruch aufnehmen. Er war ganz anders als

Liams. Jacksons Parfum war feiner; eine Mischung aus Vanille, Wacholder, Süßholz und Rosenwasser. Es war verführerisch. Ich blickte in seine dunklen Augen und sah ein Verlangen. Verlangen nach mir. Ich konnte dieser Spiegelung nicht widerstehen.

Ohne darüber nachzudenken stand ich auf, ergriff seine rechte Hand und zur Verwunderung aller, folgte er mir kommentarlos. Im Inneren empfing uns laute Musik und das Mitgrölen der Feiernden. Kid Rocks 'All summer long' konnte anscheinend jeder mitsingen.

Die Treppe lag auf der rechten Seite, doch es war gar nicht so einfach, an den tanzenden Menschenmassen vorbeizukommen. Jackson übernahm daher die Führung. Vor ihm wichen alle bereitwillig zurück. Auf den Stufen nach oben fragte ich mich, ob ich das Richtige tat. Gab es hier überhaupt Richtig oder Falsch? Okay, es schien, als würde ich alle Warnungen ignorieren.

Jackson bekam genau das, was er wollte. Wie immer. Konnte ich es ihm wirklich so leicht machen? Regelmäßig schaute er sich um, als wollte er sich versichern, dass ich ihm tatsächlich folgte. Heute Nachmittag wollte ich ihn noch auf einem Silbertablett. Nun war ich mir nicht mehr so sicher.

Ich schaute auf den knackigen Hintern, der von einer cremefarbenen Bermuda verhüllt war. Die braungebrannten Waden erklommen erfahren die vielen Stufen. Jackson hielt schon im ersten Stock an und lief zu einem Zimmer auf der linken Seite des Flures. Als ich am Treppenende stehenblieb, winkte er mich heran. Dabei tauchte sein Lächeln wieder auf. Mit langsamen Schritten ging ich auf ihn zu, immer noch unsicher, was gleich passieren würde.

Die Geräusche der Party drangen in den Hintergrund. Stattdessen hörte ich mein Blut rauschen. Es bahnte sich durch jede Faser meines Körpers, als ich durch die Tür trat und Jackson die Tür schloss.

Das Zimmer war ungefähr so groß wie das von Liam und mir, allerdings nur mit einem Bett darin. Ein französischer Futon aus schwarzem Holz. Das Bettzeug besaß die gleiche Farbe. Die Wände waren weiß, aber mit Postern behangen. Mir fiel ein 'Che Guevara'-Plakat im Stile Andy Warhols auf. Drum herum klebten ein paar alte Rockbands. Journey, Status Quo, AC/DC. Eine blaue Westerngitarre stand in der

Ecke. Auf dem gläsernen Schreibtisch lag ein MacBook Air, eine Staffel 'Supernatural' und ein aufgeschlagener Schreibblock. Ich ging näher heran und erkannte in dem Geschriebenen die Struktur eines Songtextes. Falls das wirklich sein Zimmer war, hatte ich ihn völlig falsch eingeschätzt.

Ich drehte mich zu ihm um. Jackson stand noch immer an der Tür und beobachtete mich. Er wirkte nicht mehr so selbstsicher, sondern gab mir eher das Gefühl, als zeige er mir etwas Wertvolles. Hielt ich etwas die Zügel in der Hand und hatte es nur nicht gemerkt?

Vielleicht war es Zeit für ein kleines Experiment. Solange Jackson es vorzog zu schweigen, konnte ich mich frei bewegen. Ich setzte mich auf die niedrige Bettkante und strich behutsam über das hochwertige Laken. „Wie kann ich mich revanchieren? Wir sind oben, wie du es wolltest."

Er zog mich zwar mit seinen Blicken aus, ansonsten blieb er reglos an der Tür stehen. Seine Bermuda zeigte vorne eine eindeutige Ausbuchtung größeren Ausmaßes. Er wollte mich, aber er spielte anscheinend gerne Spielchen. Ich kannte seine Regeln nicht, daher entschied ich mich spontan, mir eigene zu kreieren. „Ich komme aus Paraguay und bin zweisprachig aufgewachsen. Neben Spanisch lernte ich die verschiedenen Dialekte von Guaraní." Langsam stand ich wieder auf und während ich Schritt für Schritt durch den Raum ging, sprach ich weiter: „Das Wort 'haku' bedeutet heiß," Ich zog wie selbstverständlich das T-Shirt aus. Zufrieden hörte ich, wie Jackson scharf die Luft einsog. „Im richtigen Zusammenhang kann es aber auch 'geil' bedeuten."

Er ließ mich nicht aus den Augen, während ich immer näher kam. „Das Wort 'lokícho' meint eigentlich die Bezeichnung für einen hübschen Mann." Ich war nur noch Zentimeter von ihm entfernt und als ich den ersten Knopf meiner Hose öffnete, schluckte er.

Meine Erregung drückte hart gegen den Reißverschluss: „Es kann aber auch Liebhaber bedeuten." Als ich nun direkt vor ihm stand und er nur noch zugreifen musste, tat er das auch. Mit der rechten Hand griff er in mein Haar und zog meinen Kopf zu sich heran. Als sich unsere Lippen zum ersten Mal trafen, erwartete ich eine Explosion der Sinne. Doch das geschah nicht. Ich hatte das Gefühl, dass

Jackson dachte, ein guter Küsser zu sein. Bisher hatte das wohl niemand hinterfragt. Ich hatte keine Zeit, seine Zunge in meinem Mund willkommen zu heißen. Sie war plötzlich einfach da und breitete sich aus. Seine Hände waren überall, hielten sich aber nirgends länger auf. Es wäre auch zu schön gewesen. Das Leben ist nun mal kein 'E.L. James Roman'. Dabei sah Jackson um Längen besser aus als Christian Grey. Leider verhielt er sich nicht so.

Während einer improvisierten Choreographie tänzelten wir zum Bett hinüber. Ich versuchte dabei, ihm das Shirt auszuziehen, doch das gestaltete sich recht schwierig, da wir in Bewegung waren und herumknutschten. Jackson übernahm das selbst und so landeten wir beide irgendwie unsanft auf der harten Matratze. Ich fiel auf sein Kopfkissen, unter dem etwas Hartes lag und er fiel aus der Höhe auf die vordere Ecke der Bettkante. Wir sagten beide laut „Aua!" und rappelten uns zusammen.

Jackson überprüfte, ob er eine Platzwunde hatte, aber es war gut gegangen. Ich zog den Gegenstand unter dem Kissen hervor. Es war ein Tablet, wahrscheinlich gefüllt mit einer netten Porno-Sammlung. Glücklicherweise war dem Gerät nichts passiert. Ich schaute in Jacksons Augen und sah, dass der Moment verflogen war.

Wir begannen beide zu grinsen und stiegen diesmal gemeinsam ins Lachen ein. Wir lachten, bis uns die Tränen liefen. „Lass uns wieder hinuntergehen", sagte Jackson, nachdem wir uns wieder gefangen hatten. „Du hast es mehr als wieder gut gemacht." Ich wischte mir die Lachtränen von den Wangen. „Wir brauchen ja nichts überstürzen. Vielleicht lädst du mich erst einmal auf ein Date ein." Nachdem ich mir die Hose wieder angezogen hatte, ergriff ich mein T-Shirt vom Boden und zog es wieder an. „Warum muss ich dich einladen? Du kannst doch mich einladen!"

Ich prüfte, ob sich meine Schlüssel und das Handy noch in meinen Hosentaschen befanden. „Weil du zuerst Interesse an mir angemeldet hast. Außerdem hast du mehr Geld." Ich grinste, aber ich bekam keine passende Gegenreaktion. „Mein Vater hat viel Geld. Ich arbeite nebenbei noch im Café, falls du das vergessen hast. Das mache ich nicht aus Langeweile."

Na toll. Hatte ich mich schon wieder in die Nesseln gesetzt? Dann konnte ich die Hose ja gleich wieder aufmachen. Jackson zog sein Muskelshirt über. „Mein Vater hätte gerne, dass ich in seine Fußstapfen trete. Aber wie kann ich das? Sein Wertesystem untergräbt alles, was mir wichtig ist."

Als ich die Tür öffnete, drangen die Partygeräusche wieder an mein Ohr. Ich erkannte den Beat eines Euro-Dance-Hits. 'Be my lover' von LaBouche. „Chloé versucht immer, zwischen mir und meinem Dad zu vermitteln. Aber wir sind beides sture Hitzköpfe, die keine Kompromisse eingehen. Sie hat es schwer." Er schloss den Raum wieder ab.

Nebeneinander gingen wir die Treppe hinunter. Die Schläge pro Minute wurden lauter, die Gäste schienen betrunkener und die Luft noch stickiger zu sein. Wir bahnten uns unten wieder einen Weg nach draußen. Es schien ewig zu dauern, bis endlich wieder Sauerstoff in meine Lungen eindrang. Irgendwie hatte ich wohl erwartet, dieselben Menschen hier vorzufinden, wie vorhin. Doch hier tummelten sich nun ganz andere Gestalten.

Ich entdeckte einige Schnapsleichen, die

morgen früh Probleme haben würden. Der Pool hatte sich zur fluiden Fummelecke entwickelt. Von Chloé und Annabelle keine Spur. Wir holten uns jeweils eine kleine Flasche Wasser und setzten uns auf eine freie Bank. Es war merkwürdig, denn etwas hatte sich verschoben. Das Machtgefüge zwischen uns hatte sich verändert. Ich wusste nun, dass ich auf ihn Einfluss nehmen konnte und das nahm mir dieses einschüchternde Gefühl.

„Was studierst du eigentlich?", fragte ich und trank einen Schluck. Jackson strich sich die Haare hinters Ohr: „Also offiziell studiere ich Soziologie. Aber ich habe mich letztes Semester noch zusätzlich in Musik eingeschrieben. Das gab zu Hause mega viel Stress. Aber dort liegt meine eigentliche Leidenschaft."

Beiläufig schaute ich auf meine Uhr und stellte fest, dass es schon nach elf war. Ich empfand das zwar nicht als spät, aber ich wollte doch morgen fit sein! „Ich fürchte, ich sollte nach Hause gehen. Gibst du mir noch deine Handynummer?" Ich zückte mein Smartphone und hielt es ihm hin. „Falls du Chloé noch wiederfindest, sag ihr bitte, dass es mir Leid tut, nicht mehr Zeit mit ihr verbracht zu haben, aber wir sehen uns ja morgen früh." Er lächelte und diesmal lächelte ich mit.

Kurzweilig überlegte ich, ob ein Abschiedskuss angebracht wäre, aber ich entschied mich für eine Umarmung. Ich lief außen herum, weil ich keine Lust hatte, mich noch einmal durch die Menschenmassen quetschen zu müssen. Nur vereinzelte Studenten liefen hier durch die Dunkelheit.

Meine Füße trugen mich sicher zum Wohnheim zurück. Der Abend war so ganz anders gewesen, als gedacht. Aber ich hatte einiges gelernt. Es war gar nicht nötig, so unsicher zu sein. Mit den richtigen Vibrations verhielten sich die Menschen ganz anders als erwartet. Die Eingangstür öffnete sich fast wie von selbst. Leider musste ich die ganzen Treppenstufen selbst erklimmen.

Ob Liam schon schlief? Auf jeden Fall sollte ich leise sein. Das Licht auf dem Flur war gedimmt und ich brauchte einen Moment, bis ich den richtigen Schlüssel gefunden hatte. Vorsichtig machte ich die Tür auf. Anscheinend brannte kein Licht. Ich schlich mich hinein und verschloss das Zimmer von innen. Von den

Laternen, die auf dem Campus verteilt standen, schien ein schwaches Licht. Als sich meine Augen an die Dunkelheit gewöhnt hatten, sah ich die wichtigen Silhouetten um mich herum.

Liam lag in seinem Bett und schlief. Erstaunlicherweise schnarchte er nicht. Vorsichtig legte ich mein Handy und die Schlüssel auf den Nachttisch. Völlig geräuschlos ging das nicht, aber es war leise genug. Im Bad erledigte ich das Nötigste und kam müde ins Zimmer zurück.

Daher sah ich nicht, dass Liam wach geworden war. Er sagte nichts, sondern beobachtete mich still. Ich schob die Sandalen unter das Bett und zog mein T-Shirt aus. Mir fehlte die dafür passende Routine, daher hing ich es einfach über den Stuhl. Nach dem Ausziehen hing ich die Hose darüber. Ich schlug die Bettdecke zurück und gähnte.

Eigentlich war ich es gewöhnt, nackt zu schlafen. Doch ich hatte Zweifel, ob das hier angebracht war. Das konnte in der morgendlichen Eile zu ungewollten Komplikationen führen. Ein Blick zu Liam beruhigte mich. Er schlief, so dachte ich jedenfalls. Dass er sich nur schlafend stellte, sollte ich erst viel später erfahren.

Ich saß schon auf der Bettkante, als ich aus einer Laune heraus wieder zum Kleiderschrank zurückging, um die Shorts zu wechseln. Ich trug sie zwar gern, aber wenn ich schon nicht nackt schlafen konnte, wollte ich wenigstens etwas Bequemes tragen. Für diesen Fall hatte ich ein paar Boxershorts eingepackt.

Ich griff eine davon, legte sie aufs Bett und zog die Retropants aus. Diese legte ich in eine dafür vorgesehene Wäschetasche. In meiner Müdigkeit dachte ich nicht einmal daran, Liams Bett den Rücken zuzuwenden, als ich die Boxershorts anzog und so bekam Liam seine gewollte Revanche.

Ich rollte mich im Bett zusammen und schlief zügig ein. Mein Mitbewohner dagegen lag noch längere Zeit wach.

Tag 2

Nach sechs Stunden Schlaf erwachte ich erstaunlich ausgeruht. Mein Handywecker hatte sich noch nicht bemerkbar gemacht. In gewohnter Manier stellte ich ihn aus. Die Sonne vertrieb gerade die Nacht und tauchte das Wohnheimzimmer in ein angenehm diffuses Licht. Mein Blick fiel auf Liams Bett, doch das war bereits leer.

Etwas enttäuscht rappelte ich mich auf. Die harte Matratze tat meinem Rücken gut, denn ich spürte kaum noch Verspannungen. Positiv beschwingt beschloss ich, die restlichen Lebensgeister mit einer erfrischenden Dusche zu aktivieren. Ich nahm ein Handtuch aus dem Schrank und eine frische Retropants, diesmal eine Burgunderrote mit hellgrauen Nadelstreifen, und ging ins Badezimmer.

Hier war alles eher funktional als schick. Was nicht verchromt oder durchsichtig war, erstrahlte in reinem Weiß. Waschbecken mit Spiegel links, Toilette und Dusche rechts. Ich empfand es als Luxus, dass selbst hier ein kleines Fenster Helligkeit und frische Luft hereinbrachte.

Aus meinem Regal auf der rechten Seite des Waschbeckens nahm ich Shampoo und Duschgel, zog die Shorts aus und betrat die quadratische Kunststoffkabine. Die Armaturen waren nicht die neuesten, erfüllten aber ihren Zweck. Ich bekam zuerst kaltes Wasser ab und quiekte vergnügt auf. Dann wurde es heiß und rann in dampfenden Bächen an meinem Körper herunter. Mit einer Duftkombination aus Bergamotte und Limette schäumte ich meine Haut ein. In mein Haar massierte ich ein Shampoo ein, dass nach Minze und frischen Waldkräutern roch. Zwischendurch trällerte ich ein paar Songs von John Barrowman.

Es dauerte nur wenige Minuten, aber ich fühlte mich wie neugeboren. Voller Elan trat ich vor den leicht beschlagenen Spiegel. Ich kippte das Fenster an, damit die feuchte Luft abziehen konnte. Mit dem Handtuch rubbelte ich gerade meine Haare trocken, als sich die Tür öffnete.

Ich erstarrte in meiner Bewegung und Liam ebenfalls. Er stand nackt im Türrahmen, ich nackt vor dem Waschbecken. Beide, wie die Natur uns schuf. Eine unangenehme Stille hing kurzweilig im Raum. Komischerweise hielt es keiner von uns für nötig, die eigene Scham zu bedecken. Wozu auch? Das war nun auch egal.

„Ich dachte, du bist schon bei deiner Infoveranstaltung?", durchbrach Liam den peinlichen Moment und griff seinerseits nach Shampoo und Duschgel. Er verkrümelte sich in die Dusche. Ich drehte mich zu ihm um und mir war bewusst, dass er meine Konturen sehr wohl durch die Kunststoffwand hindurch sehen konnte:

„Und ich dachte, du wärst schon in irgendeiner Vorlesung." Das Wasser ging wieder an und tauchte das Bad wieder in nebligen Dampf: „Nein, ich war joggen. Ohne Bewegung bin ich nicht aufnahmefähig." Ich sah, wie die heißen Tropfen seine Muskeln benetzten und er genüsslich die Augen schloss.

Mir schoss das Blut in die Lendengegend und ich drehte mich blitzschnell um. Panisch griff ich meine Retropants und zog sie über. Natürlich half das nicht wirklich, daher sagte ich schnell: „Okay, ich lass dich mal duschen." Bevor er etwas erwidern konnte, stürmte ich aus dem Bad. Als die Tür ins Schloss fiel, atmete ich erleichtert aus. Sollte das nun jeden Tag so weitergehen?

Ein peinlicher Moment folgte dem nächsten. Ich hatte meinen Körper überhaupt nicht unter Kontrolle. Wütend riss ich meinen Schrank auf. Ich wünschte, Chloé wäre hier und würde mir einfach sagen, was ich anziehen solle. Und so stand ich immer noch unschlüssig und unangezogen davor, als Liam wieder aus dem Bad kam. Immer noch nackt.

Seine Haut glänzte wie frisch gebohnertes Parkett. Beim Gehen schaukelte sein Empfindlichstes wie das Pendel einer Uhr hin und her. Erneut regte sich mein Schritt und ich fluchte leise vor mich hin. Im Gegensatz zu mir griff Liam ohne Nachzudenken in seinen Kleiderschrank und zog sich an. Für ihn was das leicht. Er sah wahrscheinlich in einem Kartoffelsack noch umwerfend aus. „Wie war die Party gestern? Hast du ein paar Leute kennengelernt?" Ich griff mir eine hellblaue Jeans und ein schwarzes Hemd. Während ich die Sachen anzog, versuchte ich zu antworten: „Die Party war okay. Es war etwas sehr voll." Beim Hemd ließ ich einen Knopf mehr auf, als ich es bisher getan hatte.

Ich sah zu Liam hinüber. Er trug eine weiße Leinenhose und ein malvenfarbenes Poloshirt.

Ich überlegte, ob ich mir meine Befangenheit nehmen könnte, indem ich ihn befangen machte. Würde ich mich jetzt bei ihm outen, wäre es wahrscheinlich vorbei mit seinem Hang zum Nacktsein.

Aber zuerst wollte ich wissen, ob er immer noch so impulsiv reagierte oder es nur an gestern Abend lag. „Ich habe mich übrigens gestern noch länger mit Jackson unterhalten und ich fand ihn ganz nett", erzählte ich trocken, während ich meine Tasche packte. Liams Blick war vernichtend: „Ja, am Anfang ist er immer nett." Er kam näher heran und lehnte sich an die Schreibtischkante: „Was hat er denn Schlechtes über mich erzählt? Kannst es ruhig zugeben." Seine Nähe verursachte bei mir Gänsehaut.

Ich schluckte, bevor ich erwiderte: „Wir haben gar nicht von dir gesprochen. Was hast du nur gegen ihn?" Zu meiner Verwunderung konnte ich zusehen, wie Liam errötete: „Ich ... sagen wir, Jackson und mich verbindet eine Geschichte und die ist nicht gut ausgegangen." Er stieß sich von Tisch ab und rammte seine Fäuste mehrfach in den Boxsack. Das arme Ding tat mir ein wenig Leid. „Du bist aber nicht irgendwie schwulenfeindlich, oder?", fragte ich leise. Liam drehte sich wieder zu mir um. Ein Lächeln umspielte sein Gesicht: „Ich? Keineswegs. Im Gegenteil." Er blickte auf die Uhr: „Oh shit! Ich muss los. Treffen wir uns um eins an der Mensa? Ich sollte dich in einer Sache aufklären." Ich zog noch schnell die Sandalen an und griff Handy und Schlüssel. „Okay", sagte ich und bevor ich mithalten konnte, stürmte Liam aus dem Zimmer und ließ mich verwirrt zurück. Aufklären?

Es war kurz nach halb acht und ich musste noch über fünf Stunden durchhalten. Viel zu gemächlich verließ ich das Zimmer. In dem Tempo würde ich zu spät kommen. Eine Minute vor acht kam ich in dem großen Hörsaal an. Ich war tatsächlich einer der letzten. Die meisten Plätze waren schon besetzt, doch Chloé winkte schon hektisch. Sie saß ziemlich in der Mitte und hatte mir freundlicherweise einen Platz frei gehalten.

Dafür musste ich allerdings die restlichen Mitstudenten ihrer Reihe einfach aufscheuchen. Mit hochrotem Kopf drängelte ich mich an den Kommilitonen vorbei und mit jedem genervten Seufzer stieg der Grad der

Peinlichkeit.

Als ich endlich an dem mir zugedachten Platz ankam, ließ ich mich geschafft auf die hölzerne Fläche sinken. „Na endlich! Ich dachte schon, du hast verschlafen. Ich habe dir schon zwei Nachrichten bei Whatsapp hinterlassen. Hast du die nicht bekommen?" Zusätzlich zu Block und Stift legte ich noch mein Handy auf die schmale Fläche vor mir. Ich fand zwei ungelesene Messages. „Die habe ich nicht wahrgenommen. Tut mir Leid." Chloé schaute mich belustigt an:

„Hat dir mein Bruder so sehr den Kopf verdreht? Ich habe euch gar nicht mehr gesehen, bevor ich gegangen bin." Der erste Sprecher begann zu reden, der Leiter des Studentenrates. Nach und nach prasselten die Informationen auf uns nieder und ich hatte Mühe, mitzuschreiben. Zur Sicherheit hatte ich die Diktierfunktion meines Smartphones eingeschaltet.

Erst in der Pause bekamen wir Gelegenheit, das Gespräch weiterzuführen. „Hast du mit deinem Bruder noch nicht gesprochen?", fragte ich sie, während wir uns die Beine vertraten. „Nein. Als ich gegen eins gegangen bin, war von euch nichts mehr zu sehen. Ich bin davon ausgegangen, dass ihr noch oben wart."

Wir suchten uns an einem Durchgang ein schattiges Plätzchen. Die Sonne brannte kräftig und mein schwarzes Hemd saugte die Energie förmlich in sich auf und brachte mich ins Schwitzen. Ich begriff allmählich, warum helle Kleidung hier dominierte. Chloé trug eine alt-roséfarbene Caprihose und ein weißes T-Shirt. Ergänzt wurde das Outfit von zur Hose passenden Peeptoes, dessen rote Unterseite mit dem Lack ihrer Fußnägel übereinstimmte.

„Es ist nicht viel passiert zwischen Jackson und mir. Wir haben nur herumgeknutscht. Ich habe auf ein richtiges Date bestanden." Einerseits schien sie enttäuscht, gleichzeitig war sie aber auch überrascht: „Darauf hat er sich eingelassen? Normalerweise hat er keine Dates, er hat Sex." Einen Moment lang wirkte sie sehr nachdenklich:

„Kann sein, dass Jackson dich mehr mag als ich gedacht hätte. Wahrscheinlich sogar mehr als er selbst dachte." Mir fiel Liams ominöse Ankündigung wieder ein. Ob Chloé etwas darüber wusste? „Ich habe meinen Mitbewohner übrigens noch einmal auf seine Reaktion gestern angesprochen. Er sagt, er hätte eine gemeinsame Geschichte mit Jackson und die wäre schlecht verlaufen. Weißt du etwas darüber?" Sie warf ihre Locken über die Schultern: „Ich habe mit Liam vor gestern noch nie gesprochen. Ich kann Jackson aber gern danach fragen, wenn dich das interessiert." Ein Windhauch fuhr über uns hinweg und kühlte unsere erhitzte Haut: „Lass gut sein. Das mache ich lieber selbst. Ich will dich da gar nicht mit hineinziehen." Lächelnd strich sie mir über den Arm. Dabei fiel mein Blick auf die Uhr: „Wir müssen wieder rein. Es geht weiter." Im nächsten Block würden wir unsere Dozenten kennenlernen.

Im ersten Semester standen sieben Fächer auf dem Programm: Makroskopische und mikroskopische Anatomie, Biologie und Chemie, Histologie und Terminologie, Psychologie war auch dabei. Dafür gab es zu jedem Dozenten einen Hilfswissenschaftler aus höheren Semestern, die die Übungskurse leiten würden. Mit neugieriger Erwartung liefen wir zurück zum Hörsaal. Als wir die Stufen zu unserer Reihe erklommen, spürte ich bereits einen stechenden Blick im Rücken. Als ich wieder

Platz nahm, sah ich die Person, die mich beobachtete. Unten am Rednerpult stand ein überaus attraktiver Mann Ende 30 und seine azurblauen Augen zogen mich magisch an. Noch nie hatte ich so blaue Augen gesehen.

Er begann seinen Vortrag mit einer tiefen sonoren Stimme: „Mein Name ist Dr. Argiris Clark und ich werde sie in makroskopischer Anatomie unterrichten." Als er kurz lächelte, wusste ich, dass Liam und Jackson nicht meine einzigen Probleme bleiben würden.

Während Dr. Clark die verschiedenen Bereiche erläuterte und seinen Übungsleiter vorstellte, verfolgte ich gebannt jede seiner Bewegungen. Regelmäßig strich er mit der rechten Hand über die raspelkurzen schwarzen Haare. Vielleicht hatte er sie vorher länger getragen. Interessanterweise strich er die dünne anthrazitfarbene Krawatte mit der linken Hand glatt und jedes Mal, wenn er das tat, konnte man seinen trainierten Bauch erahnen. Seine Prada-Slipper wippten im Takt und übertrugen diese Bewegung auf die weit geschnittene hellgraue Bundfaltenhose. Aus dem Kragen seines Hemdes blitzte ein schwarzes Tattoo hervor. Als er seine Hände auf dem

Rednerpult ablegte, entdeckte ich keinen Ring an den feingliedrigen Fingern. Ich wurde aus meiner Traumwelt katapultiert, als er abschließend sagte: „Okay, lesen Sie bis morgen die ersten dreißig Seiten ihres Anatomiebuches und versuchen Sie, sich die Fachtermini sofort einzuprägen. Ich dulde keine Bummelanten. Wir sehen uns morgen um acht."

Obwohl er noch einmal zu mir hochschaute, war er viel zu schnell verschwunden. Danach hatte ich große Probleme, den anderen Dozenten und ihren Ausführungen zu folgen. Jeder von ihnen gab uns eine Leseaufgabe, sodass wir den Rest des Tages mit Auswendiglernen verbringen mussten, damit wir die Dozenten auch nur ansatzweise verstehen konnten.

Chloé und ich verabredeten uns für 14:30 Uhr. Wir hofften, dass die Bibliothek nicht völlig überlaufen sein würde. Die Veranstaltung ging bis kurz vor eins und ich hatte nur wenige Minuten Zeit, um die Mensa zu erreichen. Sie lag allerdings nicht weit entfernt und Chloé lief mit mir, weil sie sich ihrerseits mit Jade verabredet hatte.

Die Sonne stand nun hoch am Himmel und ich

ärgerte mich, dass ich keine Sonnenbrille mitgebracht hatte. Die Flut an Informationen hatte es geschafft, Liams Aufklärungsgespräch zu verdrängen, doch nun entwickelte sich ein nervöses Kribbeln in meinem Bauch. „Ging es nur mir so oder fandest du den Makro-Anatomie-Dozenten auch so heiß?", fragte Chloé auf dem Weg zur Mensa.

Ich grinste verschmitzt: „Das ging nicht nur dir so. Der ist so scharf wie sein Skalpell." Wir lachten unbeschwert und flachsten darüber, wer mehr Chancen bei ihm haben würde. Doch als wir um die Ecke gingen, wo sich der Eingang zur Mensa befand, trafen wir direkt auf Liam und Jade. Das Lachen blieb uns direkt im Hals stecken.

Mein Mitbewohner funkelte Chloé an und ich warf Jade vernichtende Blicke zu. Die Atmosphäre war zum Reißen gespannt. Bösartig inspizierte ich das Outfit von Liams Freundin. Entweder hatte sie ihr pinkes Tanktop in der Kinderabteilung gekauft oder noch nicht gemerkt, dass sie schon vor zehn Jahren herausgewachsen war. Für ihre großen Möpse war darin nämlich kein Platz mehr. Sie quirlten oben heraus und ich fürchtete, dass wir alle die Explosion bei einer falschen Bewegung nicht überleben würden.

Sie trug dazu vanillegelbe Hotpants. Ich fand es erstaunlich, dass sie heute morgen vor dem Spiegel aufgrund dieser Geschmacklosigkeit nicht einfach tot umgefallen war. Es wäre nur gerecht gewesen. Hätte sie dazu Turnschuhe getragen, hätte ich noch vermuten können, dass sie gerade vom Joggen käme. Aber stattdessen trippelte sie auf quietschgrünen High heels herum. Auch hier wollte sie anscheinend mit der Größe schummeln, denn ihre Zehen quetschten sich mit einer unnatürlichen Knickform in die grellen Schuhe.

Sie sollte dringend den modischen Rat ihrer Mitbewohnerin annehmen. Oder ich müsste sie erschießen. Ich bevorzugte es, Liam anzuschauen, der schon gespannt darauf wartete, mit mir zu essen. „Ich hab Hunger, Leute. Lasst uns reingehen." Die Schlange vor den Essensausgaben war überschaubar. Die Mensa hatte das übliche Prinzip und so standen wir schnell mit Tablett und Besteck bewaffnet in Reihe und Glied.

Die Auswahl war mehr als reichlich. Ein großes Salatbuffet war bereits umringt und auch die vegetarische Ecke schien gut besucht zu sein. Liam griff sich sofort einen Auberginen-Mango-Smoothie. Ich würgte schon bei der Vorstellung, das trinken zu müssen. Natürlich nahm Jade auch einen.

Chloé und ich blieben bei Mineralwasser. Ich entdeckte an einem Stand ein Hühnchencurry mit Safranreis. Die Küche hier war ganz anders als in Paraguay. Aber ich wollte offen für Neues sein. An der Kasse trafen wir uns wieder. Jade und Liam hatten sich zur Salattheke durchgekämpft und eine bunte Mischung zusammengetragen.

Chloé hatte sich für eine Suppe entschieden. Es roch asiatisch und ich entdeckte Tofu-Stückchen darin. Wir suchten uns einen freien Tisch und zu meiner Bestürzung musst ich feststellen, dass Jade und Chloé keinerlei Anzeichen machten, sich separat zu setzen. Was auch immer Liam offenbaren wollte, tat er entweder vor uns allen oder gar nicht.

Vor seiner Freundin sollte er eigentlich keine Geheimnisse haben, aber da konnte ich mir nicht sicher sein. Ich wusste ja nicht, worum es ging. Chloé und Jade setzten sich gegenüber, sodass Liam und ich dasselbe taten.

Obwohl ich selbst Hunger hatte, bezweifelte ich, dass ich auch nur einen Bissen hinunter kriegen würde.

„Es ist vielleicht ganz gut, dass wir hier zu viert sind. Dann können wir das direkt miteinander klären", begann Liam das Gespräch. Er hatte seinen Smoothie schon halb leer getrunken. Jade stocherte appetitlos auf ihrem Teller herum, während Chloé fleißig ihre Suppe löffelte. Beide hielten abrupt inne und sahen ihn irritiert an. Liam drehte sich ihnen zu: „Chloé, ich muss mich bei dir entschuldigen. Nur weil ich ein Problem mit deinem Bruder habe, darf ich meine Wut nicht an dir auslassen. Ich kenne dich ja noch gar nicht." Sie wirkte überrascht, aber lächelnd nahm sie seine Entschuldigung an. „Und nun zu euch beiden", er drehte sich auch in meine Richtung. Er grinste spitzbübisch und mir ging das Herz auf. „Ich habe eure Blicke bei der Begrüßung gesehen. Ihr seid beide tolle Menschen und ihr seid jetzt beide Teil meines Lebens hier. Und auf diese frostige Stimmung habe ich keine Lust."

Jade und ich sahen uns misstrauisch an. Wir waren Konkurrenten um seine Gunst und würden uns nichts schenken. „Mei Jing, sie ist meine beste Freundin. Ich kenne sie schon von Kindesbeinen an." Moment mal! Was? Wieso beste Freundin? Dann waren sie gar kein Paar? Zum Glück hatte ich die Gabel nicht in der Hand.

Spätestens jetzt wäre sie mir heruntergefallen. „Oh, okay." Mehr kam mir gerade nicht über die Lippen, ich war noch zu schockiert. „Und nun zu deiner Frage heute morgen, ob ich schwulenfeindlich bin." Liam blickte zu Jade, die sofort zu kichern anfing. Ich sah hilfesuchend zu Chloé, aber die zuckte nur mit den Schultern.

„Deine Frage ist insofern überflüssig gewesen, weil ich selbst schwul bin. Ich habe nur eine belebte Vergangenheit mit Jackson. Darüber werde ich aber nicht sprechen, das habe ich ihm versprochen. Ich hoffe, du kannst damit leben, dass du einen schwulen Mitbewohner hast."

Mein Puls raste so schnell und mein Verstand drehte sich im Kreis. Dann wurde mir schwarz vor Augen. Haltlos sank ich zur Seite und fiel vom Stuhl. Als ich wieder zu mir kam, war ich umringt von besorgten Gesichtern. Ich hatte nicht das Gefühl, dass viel Zeit vergangen war. Liam kniete neben mir und stützte meinen Kopf. Diese Geste wirkte unglaublich zärtlich und passte so gar nicht zu dem Bild, dass ich von ihm hatte. „Er kommt wieder zu sich! Hey, bringt mir mal sein Wasser!"

Chloé reagierte schnell. Vorsichtig flößte sie mir die erfrischende Flüssigkeit ein und schon nach wenigen Schlucken fühlte ich mich wieder klar genug, um mich langsam aufzurappeln. Was für ein Schock! Liam sollte schwul sein? Dieser Testosteron-getränkte Mustang? Solche Typen himmelt man nur von Weiten an. Unmöglich, bei so jemanden Chancen zu haben.

Ich bemerkte die vielen Blicke um mich herum. Alle starrten mich an. Okay, das mit dem Ruf konnte ich wohl von der Tagesliste streichen. Ich war 'Der-vom-Stuhl-fällt'. Und als ich dachte, es könnte gar nicht schlimmer werden, entdeckte ich Jackson beim Aufstehen. Er stand an der Seite und sah besorgt aus. Sein Blick fragte mich wortlos, ob alles okay war. Ich nickte und lächelte.

Letzteres hätte ich mir lieber verkneifen sollen, denn dadurch wurde Liam auf ihn aufmerksam. Mein Mitbewohner baute sich neben mir auf, seine Nüstern blähten sich und aus den schönen smaragdgrünen Augen wurden wütende Giftgrüne. Ich hätte gerne mehr getrunken, um meinen Kreislauf wieder richtig in Gang zu bringen. Stattdessen warf ich mich zwischen die beiden.

„Liam, lass gut sein. Hier sind zu viele Zeugen." Ich dachte, ein kleiner Scherz würde die Stimmung lockern. Tat es nicht. „Mei Jing, warum hängst du mit diesem Typen ab?", fragte Jackson hinter mir und ich hörte an seinem Tonfall, dass die Antipathie nicht nur von Liams Seite ausging. Ich drehte mich um 180 Grad: „Dieser Typ ist mein Zimmergenosse. Jetzt kommt mal beide runter und macht hier keine Szene. Eine Peinlichkeit pro Tag reicht mir völlig!"

Jackson kam einen Schritt auf mich zu: „Geht es dir wieder besser?" Er strich mir sanft über den linken Arm und hinterließ damit ein wohliges Gefühl. Aber für Liam schien diese kleine Berührung Grund genug zu sein, um die Beherrschung zu verlieren. Er ging rechts um mich herum und aus dem Augenwinkel sah ich, wie eine stählerne Faust mit einem Zischen an mir vorbei sauste und in Gedanken sah ich Jackson schon zu Boden gehen. Doch der machte einen kleinen Schritt nach links, packte sich den Arm und wirbelte ihn herum. Ein Normalsterblicher hätte nun vor Schmerzen aufgeschrien.

Liam jedoch drehte sich blitzschnell im Uhrzeigersinn und nutzte den Schwung für den anderen Arm. Er hätte Jackson böse in die Rippen geschlagen, wenn dieser sich nicht geduckt und Liam mit einer flüssigen Streckung die Beine weggezogen hätte. Dieser ging zu Boden und es knallte richtig, als er auf dem gefliesten Boden aufkam. „Du konntest mich noch nie schlagen, Liam. Gib es einfach auf." Ohne ihm aufzuhelfen, machte er sich lachend davon. Ich stand völlig benommen daneben. Was war hier gerade passiert? Jade half ihrem besten Freund wieder auf die Füße. „Lass ihn einfach ziehen! Er ist es nicht wert. Beruhige dich! Trink deinen Smoothie weiter." Chloés Mitbewohnerin so fürsorglich und mitfühlend zu sehen, ließ sie für mich in einem anderen Licht erscheinen. Ja, sie war schräg und wir würden noch lange keine Freunde werden. Aber hassen konnte ich sie nicht mehr.

Ich setzte mich und das Curry-Aroma erinnerte mich daran, dass ich Hunger hatte. Es war zwar mittlerweile kalt, aber das machte mir nichts. Mit großem Appetit verschlang ich das Gericht Happen für Happen. In die Mensa kehrte wieder Ruhe ein. Die Menschen um mich herum hatten den Vorfall anscheinend wieder vergessen.

Ich dagegen fühlte mich immer noch, als hätte jemand mich allein im Nebel zurück-gelassen. So viele Fragen brannten mir auf der Zunge, aber ich fürchtete mich vor den Antworten. Daher schluckte ich sie mit dem Hühnchen hinunter. Die drei anderen am Tisch beobachteten mich besorgt, aber mir war nicht mehr nach Reden zumute. Auf jeden Fall würde ich das Zimmer nie wieder ohne eine Flasche Wasser verlassen.

Ich spürte Wut in mir aufkeimen während wir das benutzte Geschirr in die dafür vorgesehenen Vorrichtungen schoben. Warum blieben so viele Fragen ungeklärt? Wozu diese Geheimniskrämerei? Schweigend liefen wir gemeinsam zum Wohnheim. Verstohlene Blicke wurden ausgetauscht, aber keiner traute sich, etwas zu sagen.

Liam und ich taperten nebeneinander die Treppe hoch. Oben schloss er das Zimmer auf und ließ mich hindurchgehen. Mein Blick fiel auf den

Boxsack und in meinem Kopf legte sich ein Schalter um. Der erste Hieb war harmlos. Womit auch immer das Ungetüm gefüllt war, das Material gab nicht sonderlich viel nach. Meine Schläge kamen von unten und mit jedem weiteren Schlag schien sich meine Aggression noch zu steigern. Ich drosch wahllos auf das schwarze Ding ein und meine Hände taten bereits weh. Aber irgendwie gab mit der Schmerz Kraft. Die Kraft weiterzumachen und während ich langsam ins Schwitzen geriet, stellte ich mir verschiedene Gesichter vor. Ich schlug meinen Vater, weil er immer noch nicht angerufen hatte. Ich schlug Chloé, weil sie mir ihren Bruder vorgestellt hatte. Ich schlug Jackson, weil er meinen Mitbewohner vor der gesammelten Mensa bloßgestellt hatte. Ich schlug Liam, weil er unehrlich und einfach viel zu gut für mich war. Und ich schlug mich selbst, weil ich mich überhaupt nicht mehr unter Kontrolle hatte.

„Okay, das reicht jetzt", sagte Liam bestimmt. Er stand hinter mir und hielt meine Hände fest. Sie pochten gerötet und ich fragte mich, wie lange der Schmerz anhalten würde. „Geht es dir jetzt besser?" Es war fast die gleiche Frage, die Jackson gestellt hatte. Aber sie wirkte in diesem Zusammenhang ganz anders. Ich horchte in mich hinein. Ja, es ging mir besser. Es war gut gewesen, diese Emotionen einfach mal herauszulassen. Ich sollte das häufiger tun.

Liam spürte wohl, dass ich mich beruhigt hatte, denn er ließ mich los. Ich drehte mich zu ihm um und sah in sein Gesicht. Seine Züge waren ganz weich und von der Härte in der Mensa war nun nichts mehr zu sehen. „Danke, es geht schon wieder", sagte ich und entfernte mich. Ich setzte mich auf meine Bettkante. Vorsichtig rieb ich über die abgewetzten Handrücken.

„Deine Schlaghand ist gar nicht übel. Du solltest das häufiger machen. Aber versuche, die Willkür abzulegen und dich an Präzision zu gewöhnen."

Ich rückte weiter nach hinten und lehnte mich an die kühle Rückwand. „Warum hast du mir nicht gleich erzählt, dass du schwul bist. Wenn du mein Facebook-Profil so genau studiert hast, musst du es ja von mir gewusst haben."

Liam schlug ein paar Mal gegen den Boxsack. Bei ihm kam dieser richtig in Bewegung. Ich hatte nur ein leichtes Zittern verursacht. „Ich wollte vermeiden, dass du dich in irgendwas verrennst. Verliebe dich bloß nicht in mich! Das macht alles nur kompliziert. Aber renne auch nicht zu Jackson. Er wird dir weh tun." Okay, das war deutlich. Kam das nicht etwas zu spät? Ich ließ die Szene beim Essen revue passieren. Langsam dämmerte mir einiges: „Ihr wart mal zusammen, oder? Du und Jackson." Ein weiterer Treffer ließ den Boxsack quer durch den Raum fliegen. Liam musste ausweichen, um nicht von ihm getroffen zu werden:

„Bevor wir anfingen zu studieren, ja. Damals waren wir unzertrennlich. Jedenfalls war ich so naiv, dass zu glauben. Wie ich herausfinden durfte, war dem nicht so." Ein weiterer Hieb traf den Boxsack unvorbereitet und schlug in meine Richtung aus. Automatisch zuckte ich zusammen. „Liebst du ihn immer noch?" Liam fing den Schwung ab und hielt den Boxsack umklammert: „Da ist keine Liebe mehr. Vielleicht hatte ich sie mir sowieso bloß eingebildet. Jetzt fühle ich nur noch Verachtung" Ich war überrascht. So viel Bitterkeit von jemandem, dem alle zu Füßen lagen. Jackson musste ihm mehr bedeutet haben, als er selbst ahnte.

Ohne dass ich wusste, was ich tat, stand ich auf und umarmte ihn. Er ließ es zu und es war nichts Sexuelles dabei. Als wir uns wieder lösten, hatte sich etwas verändert. Liam war für mich nicht mehr der perfekte Adonis. Auch er hatte Fehler und war verletzlich. Seine Achilles-Ferse war Jackson und ich musste mir gut überlegen, ob der es wert war, diese neu gewonnene Freundschaft mit Liam aufs Spiel zu setzen.

Ein Blick auf die Uhr zeigte mir an, dass es Zeit war, meine Bücher einzupacken, wenn ich rechtzeitig zur Bibliothek kommen wollte. Mein Blick fiel dabei auf mein schwarzes Hemd. Mir war vormittags schon so furchtbar heiß darin gewesen. Ich zog es aus und fand im Schrank ein mintgrünes T-Shirt. Obwohl es etwas weiter war, fühlte ich mich sofort besser. Meine Tasche wog aufgrund der Bücher nun einen gefühlten Zentner mehr, aber ich sah es als sportliche Übung.

„Was steht denn bei dir heute Nachmittag noch an?", fragte ich Liam, während ich zusätzlich noch eine Wasserflasche ein-packte. Der stemmte schon wieder Hanteln nach oben, als wäre es pure Erholung. „Ich habe nachher noch ein Rhetorik-Seminar, für danach bin ich zum Schwimmen verabredet und heute Abend machen wir ein kleines Fußballturnier. Komm doch vorbei, wenn du magst. Kannst unsere Mannschaft anfeuern." Ich sah mich zwar nicht in der Rolle des Cheerleaders, aber wir waren jetzt Freunde und das Anfeuern bei Turnieren gehörte irgendwie dazu.

„Okay, schreib mir nachher noch, wann und wo und ich werde da sein." Liam strahlte; sein Lächeln wirkte fast jungenhaft und brachte eine Seite zum Vorschein, die er wahrscheinlich schon lange verdrängt hatte. Ich griff meine Sachen und rannte zur Tür hinaus. Auf dem Flur wäre ich fast mit einem unscheinbaren Mädchen zusammengestoßen und konnte den Zusammenprall gerade noch verhindern. Sie zuckte kaum, als wäre sie es gewohnt, unsichtbar zu sein.

Ich flog förmlich die Treppe hinunter und ignorierte die Angst, hinunterzufallen. Draußen empfing mich wieder die Hitze. In Gedanken beglückwünschte ich mir selbst, dass ich nun dieses T-Shirt trug. Es wehte geschmeidig um meine drahtige Figur herum und ließ mir Platz zum Atmen. Trotzdem würde ich Chloé fragen, ob sie Lust hätte, mit mir Shoppen zu gehen. Als ich über den Campus lief, hatte ich das Gefühl, als würde ich verfolgt werden.

Doch als ich mich genauer umschaute, begriff ich, dass alle anderen Studenten denselben Weg hatten. Sowohl vor als auch hinter mir. Alle strömten zur Bibliothek. Als ich das große Gebäude der Bücher erreichte, stand Chloé schon dort. Ich war noch pünktlich, aber an ihrem Gesichtsausdruck konnte ich ablesen, dass unsere Befürchtung eingetreten war. „Es ist hoffnungslos überfüllt da drin! Von ruhiger Atmosphäre keine Spur!", rief sie mir entgegen und ein Hauch von Verzweiflung schwang in ihrer Stimme.

„Nicht aufregen", sagte ich beschwichtigend, „dann suchen wir uns ein anderen ruhiges Plätzchen." Ich schaute mich um. Unter jedem Schatten spendenden Baum saß eine Gruppe Studenten. Auch auf den vielen Balustraden tummelten sich ins Lesen vertiefte Kommilitonen. Mein Blick fiel auf die Cafeteria, die zwar zum Lernen nicht infrage kam, aber ich dachte dabei an Jackson: „Was ist mit deinem Bruder? Omega Xi Delta ist doch ein riesiges Haus. Die haben doch bestimmt Platz für zwei verweiste Studenten." Chloé zog die Augenbrauen hoch: „Nach der Aktion heute Mittag hätte ich nicht gedacht, dass du noch etwas mit ihm zu tun haben willst."

Ich stellte die schwere Tasche ab und holte die Wasserflasche hervor. Nach ein paar Schlucken hielt ich Chloé die Flasche hin, aber sie lehnte dankend ab. „Seine Aktion war voll daneben, aber ich will ihn auch nicht heiraten, sondern bei ihm lernen. Er ist Mittel zum Zweck." Jetzt hörte ich mich schon selbst wie ein eiskalter Engel an. Ein grusliger Gedanke. „Wir können ja zumindest mal nachfragen. Mehr als Nein sagen können sie ja nicht."

Endlich lenkte sie ein und so liefen wir querfeldein in Richtung Verbindungshaus. Im Tageslicht sah es weniger spektakulär aus als in der Nacht, weil die Beleuchtung fehlte. Chloé klingelte an der Haustür. Es dauerte eine ganze Weile, bis sich etwas tat. Dann hörten wir, wie jemand „Ich geh schon!" rief. Meine neue Freundin wurde unruhig. Sie warf das Haar nach hinten, zuppelte an ihrem Oberteil herum und kontrollierte ihre Haltung. Ich entnahm diesem Verhalten, dass sie bereits wusste, wer gleich die Tür öffnen würde und sie denjenigen mochte.

Es amüsierte mich, diese starke selbstbewusste junge Frau so unsicher zu erleben. Ich war äußerst gespannt, auf welchen Typ Mann sie stand. Wir hörten, wie die Klinke auf der anderen Seite hinuntergedrückt wurde. Parallel atmeten wir beide tief ein und hielten die Luft an.

Als der Türflügel nach innen aufging und ich sah, wer uns öffnete, hakte meine Kinnlade aus. Vor uns stand ein groß gewachsener schmaler Typ mit androgynen Gesichtszügen, dessen tiefrote Haare bis hinunter zu seinen Hüften reichte. Immerhin schien die Farbe echt zu sein, denn ich entdeckte Sommersprossen und dunkelgrüne Augen. Mit dem weißen, locker sitzenden Hemd und der abgewetzten schiefergrauen Jeans wirkte er eher wie ein Rockstar und nicht wie ein Student. „Chloé! Schön, dich zu sehen. Was treibt dich zu unserer bescheidenen Hütte?" Immerhin schienen seine Manieren tadellos zu sein.

Er machte Platz, sodass wir hineingehen konnten. Mir fiel auf, dass er förmlich strahlte. Anscheinend mochte er sie auch. Drinnen war es dank einer Klimaanlage angenehm kühl. Die Räume sahen vollkommen anders aus als in meiner Erinnerung. Ich nahm an, dass die Möbel eigentlich immer so wie jetzt standen und nur für Partys umgeräumt wurden. „Porter, das ist Mei Jing. Wir studieren gemeinsam", stellte sie mich vor. „Mei Jing, das ist Porter McKay. Schriftführer und Jacksons Stellvertreter."

Wir gaben uns die Hand und ich fürchtete die kommenden Schmerzen allein wegen der Aktion am Boxsack, aber es hielt sich in Grenzen. Er führte uns ins Wohnzimmer. Hier saßen noch zwei weitere Verbindungsbrüder, die nur kurz aufschauten, „Hi" sagten und uns danach keine weitere Beachtung schenkten. Porter ließ Chloé keine Sekunde aus den Augen. Sie schien hypnotisiert zu sein, denn sie sagte nichts zu unserem Beweggrund.

Daher räusperte ich mich kurz und übernahm das Wort: „Eigentlich wollten wir in der Bibliothek lernen, aber leider hatten alle anderen Erstsemester die gleiche Idee. Es ist überall überfüllt. Wir wollten daher mal fragen, ob ihr für uns ein ruhiges Plätzchen habt. Wir machen auch keine Umstände!" Porter blickte kurzweilig zu mir: „Der kleine Besprechungsraum müsste frei sein. Wir können ja mal nachsehen."

Er ging voran und wir folgten ihm. Chloé flüsterte wortlos: „Ist der nicht süß?" Zuerst schüttelte ich automatisch den Kopf, aber dann nickte ich grinsend. In ihren Augen war er das bestimmt. Der Raum war tatsächlich frei. Er war hell, unaufgeregt und der große Tisch gab uns hervorragende Möglichkeiten, uns auszubreiten.

„Wenn ihr noch irgendwas braucht, egal was, sagt mir Bescheid. Ich bin mit den anderen im Wohnzimmer. Zwei Räume weiter sind Toiletten." Chloé ging auf ihn zu und küsste ihn auf die Wange: „Danke, Porter. Ich schulde dir was." Er wurde rot und ich fragte mich, ob es nicht redundant war, wenn ein rothaariger Mensch auch noch im Gesicht rot wurde.

Ich verwarf diesen lächerlichen Gedanken wieder und packte die Bücher aus. Nach kurzer Diskussion entschieden wir uns dafür, dass jeder für sich selbst las und dabei wichtige

Fachbegriffe herausschrieb.

Anschließend würden wir die beiden Listen abgleichen und diese dann auf Karteikarten übertragen. Im Anschluss daran würden wir uns gegenseitig abfragen.

Wir kamen gut voran, aber es dauerte nicht lange, bis unsere Köpfe qualmten. Wir brauchten eine Pause. Chloé wollte unbedingt zu Porter und ich brauchte frische Luft. Die Terrassentür stand offen und ich schlüpfte lautlos hindurch. Zwar war es hier viel wärmer als drinnen, aber der Wind fegte mir um die Ohren und vertrieb das Gefühl von Überladung.

So lief ich am Pool entlang und bemerkte gar nicht, dass jemand darin schwamm. Plötzlich schoss diese Person direkt neben mir aus dem Wasser. Erschrocken sprang ich zur Seite und wäre fast über eine Bank gestürzt. Mein Puls raste. Mit tiefem Ein- und Ausatmen versuchte ich, mich wieder zu beruhigen.

„Hey, sorry, ich wollte dich nicht erschrecken! Was machst du denn hier?" Es war Jackson. Das Wasser perlte von ihm ab und die Tropfen funkelten im Schein der Sonne wie die Farben des Regenbogens. Die blonden kinnlangen Haare wellten sich leicht und fielen ihm munter ins Gesicht. Sie ließen ihn etwas verwegen und sehr sexy wirken. Er trug nur eine weiße enge Badehose, wie ich sie sonst nur von Profi-Schwimmern kannte. Sie war mehr oder weniger durchsichtig.

Mein Puls blieb beschleunigt aufgrund dieses Anblicks. Ich wollte seine Frage beantworten, aber mir kam kein Wort über die Lippen. Mein Körper entwickelte schon wieder ein Eigenleben. Mein Verstand erinnerte sich an die Ungepflogenheit in der Mensa, aber meinen Augen gefiel, was sie sahen.

„Bist du hier, weil du sauer bist? Ich könnte das gut verstehen, denn ich war ziemlich gemein zu Liam." Er machte erst einen Schritt auf mich zu, dann noch einen. Nun stand er direkt vor mir, in greifbarer Nähe. Ich wollte ihm in die Augen sehen, doch mein Blick wanderte immer wieder hinunter.

„Vielleicht kann ich ja meine Gemeinheit wieder gut machen", flüsterte Jackson leise und ich konnte dabei zusehen, wie die Badehose sich ausdehnte aufgrund der anschwellenden Größe. Mir schoss ebenfalls das Blut in die Hose und war dankbar, dass die Jeans wesentlich weiter war als die Chino gestern.

Als er sich vorbeugte, um mich zu küssen, lehnte ich mich langsam nach vorne. Aber dann hielt ich inne, als ich eine Stimme hörte: „Mei Jing, wir sollten weiter lernen!" Chloé bliebt abrupt stehen: „Oh, Jackson. Ich wollte nicht unterbrechen." Sie sah ihn böse an, dann blickte sie zu mir: „Kommst du? Wir haben noch drei Bücher vor uns." Damit hatte sie mich aus seinem Bann befreit.

Das Blut floss zurück zu meinem Gehirn und auf einmal fragte ich mich, was ich hier überhaupt tat. Wortlos drehte ich mich um und ließ Jackson am Pool zurück. „Das war wohl gerade noch rechtzeitig, was?", sagte Chloé schmunzelnd, als ich wieder im Besprechungsraum auftauchte. Ich setzte mich seufzend: „Er ist wie eine Schlange. Ich bin die kleine Maus, die brav sitzen bleibt, um sich fressen zu lassen."

Meine Lernpartnerin sah mich an und ihr Blick verriet, dass sie etwas aushecke: „Soweit ich weiß, gibt es auch Schlangen, die Schlangen fressen. Werde selbst zur Schlange und dann machst du Jagd auf ihn!" Ich grinste boshaft. Dieser Gedanke klang zu verlockend. Ich hatte auch schon ein paar Ideen, wie ich das angehen konnte.

Das Lernen hatte jedoch Vorrang. Unsere Methode schien auf den ersten Blick etwas umständlich zu sein, aber nachdem wir jeder zwei Packungen Karteikarten beschrieben hatten, fühlten wir uns schon relativ sicher. Zwischendurch schrieb Liam, dass das Turnier um 19:30 Uhr in der kleinen Sporthalle stattfinden würde.

Wir hatten gerade angefangen, uns gegenseitig abzufragen, als Porter in der Tür stand: „Wir haben gerade beschlossen zu grillen. Macht ihr mit? Ihr seid natürlich eingeladen!" Seine freudige Energie ließ uns nicht lange überlegen. Zwar behagte es mir nicht, schon wieder auf Jackson zu treffen, andererseits konnte ich es als Training nutzen. Ich musste lernen, ihm zu widerstehen. Nicht nur wegen Liam, sondern um meine eigene Kontrolle wiederzuerlangen.

Wir packten unsere Sachen zusammen. Vor dem Zubettgehen würde ich alles noch einmal durchgehen. Als wir durch den Flur liefen, empfing uns schon der einzigartige Geruch brennender Holzkohle. Durch die hohe Glasfront zählte ich fünfzehn Gestalten, darunter Porter und Jackson. Mittlerweile trug er wieder Klamotten. Eine über dem Knie abgeschnittene und leicht ausgefranste Jeans und darüber ein weißes Muskelshirt. Chloé und ich stellten unsere Taschen in eine Ecke.

Porter brachte uns beiden ein Erfrischungsgetränk und wir gesellten uns zu den anderen. Mir wurden in wenigen Minuten alle namentlich vorgestellt, doch mein vollgepacktes Hirn konnte diese Informationen nicht mehr aufnehmen. Nur ein Name blieb mir im Gedächtnis: Colton Anderson. Im Gegensatz zu den anderen blieb er immer etwas außen vor, vermutlich weil seine unterkühlte Art falsch interpretiert wurde. Für mich schien er einfach sehr zurückhaltend und schüchtern zu sein.

Der Mittelpunkt war nicht seine Welt und Jackson ließ dort auch nicht sonderlich viel Platz. Nach dem gefühlt hundertsten schlechten Witz, über den alle viel zu herzlich lachten, um ehrlich amüsiert zu sein, war ich nur noch genervt. Als Colton beauftragt wurde, die Fleischstücke aus der Küche zu holen, fragte ich einfach: „Kann ich dir dabei helfen?" Ein knappes Lächeln huschte über sein feines

Gesicht und entblößte eine kleine Zahnlücke à la Vanessa Paradis. Seine eisblauen Augen zuckten freundlich und er strich sich verlegen durch den skandinavisch blonden Undercut: „Ähm, wenn du willst. Klar." Überrascht stellte ich fest, dass er einen britischen Akzent hatte. Er war mir sofort sympathisch. Obwohl er auch sehr attraktive Züge hatte, verspürte ich nicht den Drang, ihm gefallen zu wollen. Er nahm mich so wie ich war und ich tat es ebenfalls. Auf zwei großen Platten befand sich ein Repertoire aus verschiedenen Fleischsorten, Fisch- und Gemüsespieße.

Wir trugen alles sorgsam nach draußen und stellten es auf einen dafür bereitgestellten Tisch neben dem Grill. Chloé stand bei Porter, dessen rotes Haar im Glanz der Sonne wie Flammen über seinen Rücken wehte. Ich blieb bei Colton stehen und beobachtete das lustige Treiben der anderen.

Dann sagte er leise und unverhofft: „Fall bloß nicht auf Jackson herein. Er ist ein Blender. Wunderschön von außen und dämonisch hässlich von innen." Ich drehte mich erschrocken zu ihm um: „Warum sagst du das? Ich dachte, ihr alle himmelt euren Leiter an!" Seine schönen schmalen Lippen verzogen sich zu einem zynischen Grinsen: „Nicht alle von uns. Als ich hier anfing zu studieren, war ich wie du. Fasziniert von seinem Charisma und seinem Einfluss hier auf dem Campus."

Er trank noch einen Schluck: „Völlig blind verfiel ich ihm, doch ich war nur ein Nutzgegenstand. Und ich war nicht der einzige." Ab und an blickte Jackson zu uns herüber und irgendwie hatte ich das Gefühl, dass es ihm nicht passte, dass ich mich mit Colton unterhielt. „Und dann?", fragte ich neugierig. „Ich verlangte von ihm, die anderen Geschichten zu beenden. Das tat er nicht. Stattdessen ließ er mich fallen wie eine heiße Kartoffel."

Porter verkündete, dass die ersten Sachen gar waren. Teller und Besteck wurden verteilt, jeder suchte sich einen guten Platz und das Schlemmen konnte beginnen. Das Grillfleisch war hervorragend, aber es ärgerte mich, dass die gefräßige Stille unser Gespräch unterbrochen hatte. Nur zu gerne wollte ich noch mehr Details von Colton hören. Andererseits wäre es mies gewesen, weiter in dieser Wunde zu wühlen.

„Was studierst du denn?", fragte ich unverfänglich. Die letzten Bissen waren viel zu schnell verschlungen. Nun mussten wir auf den nächsten Schwung warten, der noch fröhlich auf dem Grill brutzelte. „Ich studiere Medienwissenschaften mit dem Schwerpunkt Social media. Und du?" Ich betrachtete Colton näher. Er war ungefähr so groß wie ich. Schlank, aber nicht so muskulös wie die anderen. Er trug dunkelblaue Röhrenjeans und ein aschgraues T-Shirt mit weitem Rundausschnitt.

„Ich studiere Medizin. Das verbindet mich mit Chloé." Ich versuchte, näher an ihn heranzukommen, um seinen Geruch aufzunehmen, doch als er es merkte, zuckte ich schnell zurück. „Und dadurch Jackson." Ich nickte. Als nächstes waren die Gemüsespieße fertig und obwohl sich kein Vegetarier unter uns befand, griffen wir alle beherzt zu.

Als ich zwischendurch zur Uhr schaute, stellte ich fest, dass mir nun noch eine halbe Stunde blieb, um rechtzeitig zur Sporthalle zu gelangen. Mit der Gabel holte ich ein Stückchen Zucchini von einem Spieß, als mir eine spontane Idee kam: „Hey, hast du vielleicht Lust, mit mir zu einem Fußballturnier zu gehen? Mein Mitbewohner spielt mit und ich habe zugesagt, ihn anzufeuern." Colton überlegte kurz und seine eisblauen Augen blitzten vergnügt:

„Klar! Ich hatte nichts Besseres geplant. Und ein wenig Abwechslung kann mir nicht schaden."
Nach dem Essen brachten wir unser Geschirr zurück in die Küche. Als ich mich von Chloé verabschieden wollte, die es sich auf Porters Schoss gemütlich hatte und definitiv nicht mitkommen würde, gesellte sich Jackson dazu: „Du gehst schon? Wir hatten kaum Gelegenheit, uns zu unterhalten."

Sein Geruch stieg mir in die Nase und sein Hundeblick versuchte, mich zum Bleiben zu überreden. Als er meine Hand ergriff, durchzuckte mich eine Welle des Verlangens. Aber in dem Moment blickte ich zu Colton, der nur mit dem Kopf schüttelte. Ich lächelte und befreite meine Hand: „Sorry, ich hab Liam zugesagt, zu diesem Turnier zu gehen."

Ich wünschte allen noch einen schönen Abend und bedankte mich für die Gastfreundschaft. Als Jackson sah, dass ich Colton mitnehmen würde, kam er auf uns zugestürmt: „Ach, so einer bist du! Gestern war ich dran und heute gibt es den Nächsten! Dann mal viel Glück, Colton. Vielleicht kommst du ja weiter als ich." Er lief an uns vorbei und rammte dabei bewusst meine rechte Schulter. Ich musste einen großen Schritt nach hinten machen, um nicht umzufallen. „Wow! Was war das denn?" Ich blickte in die Runde und sah viele mitfühlende Gesichter. Colton lächelte verhalten: „Ein klassischer Jackson. So wird er, wenn er nicht das bekommt, was er will. Der wird sich jetzt schmollend in sein Zimmer verkriechen und Gitarre spielen."

Auf solch kindisches Verhalten konnte ich verzichten. Mein Blick fiel erneut auf die Uhr: „Wir müssen los, sonst verpassen wir das erste Spiel." Auf dem Weg zur kleinen Sporthalle waren wir nicht die einzigen. Als wir vor dem Gebäude standen, fragte ich mich sofort, wie denn wohl die große Halle aussehen sollte. Schon am Eingang wurden wir von zwei Empfangsdamen begrüßt und bekamen einen Ablaufplan. Ich nahm an, dass sie Freundinnen der Spieler waren.

Als wir einen guten Platz auf der Tribüne gefunden hatten, überflog ich das Prinzip des

Turniers. Vier Teams wollten gegen-einander antreten. Jedes Spiel sollte zehn Minuten dauern. Nachdem jeder gegen jeden gespielt hatte, wurden die erzielten Tore zusammen-gerechnet. Abschließend sollten der Erste gegen den Zweiten und der Dritte gegen den Vierten spielen, um Sieger und Verlierer zu ermitteln.

Die Team-Namen standen auch auf dem Blatt. Ich amüsierte mich über die benutzten Tiernamen. Es gab die Jaguare, bei denen ich mir ziemlich sicher war, dass Liam zu ihnen gehörte. Mir fiel sein Handy-Hintergrundbild wieder ein. Dann gab es noch die Harpyien, die Alligatoren und die Hyänen.

Eine Erinnerung schoss mir in den Kopf: als kleiner Junge hatte mein Stiefvater mich zu einem Turnier mitgenommen und ich war total begeistert, dass die Spieler beim ersten Auftritt alle verkleidet auf das Feld liefen. Das würde auch hier einen coolen Hingucker abgeben. Ich war erstaunt, dass so viele Studenten als Zuschauer gekommen waren. Es gab kaum noch freie Plätze. Die Stimmung war gut, alle warteten gespannt auf das Auftauchen der Teams.

Selbst Colton ließ sich von der Atmosphäre anstecken und klatschte fleißig die verschiedenen Anfeuer-Rhythmen mit. Sein Gesicht strahlte und zum ersten Mal hatte ich das Gefühl, dass ich hier in L.A. glücklich werden konnte.

Und dann kamen die Teams aus ihren Kabinen gestürmt und regelrechte Jubelschreie trugen sich durch die Halle wie ein Schwarm Papageien. Jede Mannschaft bestand aus sechs Spielern plus Torwart, wobei ich positiv feststellte, dass Männer und Frauen gemeinsam spielten. Die Shorts waren bei allen schwarz, nur die Trikots waren der Gruppe entsprechend mit ziemlich real aussehenden 'animal prints' bedruckt. Zusätzlich waren die Gesichter, wahrscheinlich von einer angehenden Maskenbildnerin, in passende Tierköpfe verwandelt worden. Die Jaguare trugen sogar lange weiße Barthaare und brüllten und miauten um die Wette. Ich entdeckte nicht nur Liam, sondern auch Jade unter ihnen.

Mit ihrer angeborenen Anmut sahen beide aus, als wären sie mal kurz vom Musical Cats abgehauen. Die Harpyien hatten die Haare wild nach oben gestylt und schwarze Federn waren darin eingearbeitet. Die Nasen dienten als Schnabelersatz und waren schwarz geschminkt. Die Alligatoren hatten sich anscheinend von Star Treks Klingonen inspirieren lassen, denn zwischen den Augen und der Stirn befanden sich ähnliche, grün schimmernde Auswülstungen. Es sah gefährlich aus, aber die Hyänen machten mir mehr Angst. Von der Tribüne aus wirkte es, als ob ihre Gesichter mit frischem Blut verschmiert wären. Die ganze Mannschaft lachte und kicherte auf eine verrückt hysterische Weise, dass es mir kalt über den Rücken kroch. Als erstes spielten die Jaguare gegen die Harpyien. Während des Spiels zeigte ich Colton, wer mein Mitbewohner war und auch er schien von ihm angetan zu sein. Davon ließ ich mich aber nicht weiter beirren. Wir feuerten ihn an mit allem, was uns zur Verfügung stand. Wir klatschten, trommelten auf den Sitzen und riefen motivierende Parolen. Als tatsächlich Liam das erste Tor schoss, sprangen wir von unseren Sitzen auf. Die Euphorie schien grenzenlos zu sein. Die positive Energie knisterte förmlich in der Luft.

Als das erste Gegentor fiel, wurden die Raubvögel gnadenlos ausgebuht. Jade schoss

kurz darauf das nächste Tor und der Jubel brach erneut aus. Die Zeit war schon fast um, als ein weiterer Jaguar das viereckige Ziel traf und damit der Sieg der Raubkatzen besiegelt war. Als die Zeit ablief, ertönte ein Signal und die Spieler blieben noch kurz auf dem Feld, um sich feiern zu lassen.
Ich schrie Liams Namen einmal laut und winkte. Er blickte zu mir hoch, lächelte erst und winkte erfreut zurück, dann sah er Colton und sein Lächeln erstarb gleich wieder. Er zog sich mit seiner Mannschaft zurück und überließ den Alligatoren und Hyänen das Feld. Während des nächsten Spiels fragte ich mich, ob er Colton kannte.
„Habt ihr schon mal miteinander zu tun gehabt?", schrie ich über die allgemeine Lautstärke hinweg. Wenn das so weiter ging, würde ich morgen heiser sein. So etwas sah Dr. Clark bestimmt nicht gerne. Mir glühten die Wangen bei dem Gedanken daran. Colton holte mich zurück:
„Nein, bisher nicht. Aber es wird hier viel getratscht. Wahrscheinlich weiß er von mir und Jackson. So weit ich weiß hatte Liam doch ein ähnliches Schicksal wie ich." Ich nickte. Wie

es aussah war das Thema im Verbindungshaus nicht so diskret behandelt worden, wie Liam es gerne gehabt hätte. Ich fand es gut, dass Colton seine Meinung nicht zurückhielt und sich frei äußern konnte.

Als plötzlich das Signal ertönte, stellte ich überrascht fest, dass das Spiel schon vorbei war. Die Hyänen hatten 3:2 gewonnen. Nun mussten die Jaguare gegen die Alligatoren antreten, wobei die Katzen den Vorteil hatten, sich auszuruhen. Andererseits waren die Reptilien nun warm gelaufen. Wir konzentrierten uns wieder auf das Spiel. In den ersten Minuten schienen die Teams gleich stark zu sein. Doch dann kam ein Moment, in dem Liam hätte angreifen müssen, doch stattdessen schaute er zu uns hoch. Der Gegner prellte den Ball an ihm vorbei und sein Mitspieler machte damit das erste Tor für die Alligatoren.

Natürlich handelte sich Liam damit Ärger aus den eigenen Reihen ein. Er versuchte einen Angriff auf das gegnerische Tor, wurde aber gnadenlos abgeblockt. Als die Gegner einen Versuch starteten, krallte Jade sich den Ball, spielte mit Liam nach vorne und sie versenkte das Ding. Der Torwart hatte keine Chance. Jubel kam wieder hoch, wenn auch etwas leiser als vorher. Colton und ich fieberten die ganze Zeit mit.

Es blieb spannend bis zum Schluss, doch dann erzielte ein Jaguar noch ein zweites Tor kurz vorm Signalton und entschied das Spiel für sich. Wieder sprangen die Leute auf. Colton und ich waren so enthusiastisch, dass wir uns vor Freude umarmten. Sein Geruch schlug mir nun entgegen und veränderte meine ganze Grundstimmung.

Würzige Meeralgen verknüpften sich raffiniert mit einer Mischung aus Granatapfel und Lavendel. Eine leicht pfeffrige Note kam hinzu und berauschte meine Sinne. Um so irritierter schien Colton zu sein, denn ich ließ ihn gar nicht wieder los. Ich wollte diesen Duft als Potpourri.

Gleichzeitig schlug mein Verstand Alarm, denn ich konnte mich doch nicht innerhalb von zwei Tagen mit vier Typen einlassen! Oder doch? Ich lernte sie doch gerade erst kennen. Ich ließ Colton wieder los und setzte mich wieder. Er versuchte zu verstehen, was das gerade gewesen war, doch ich wagte nicht, ihn anzuschauen.

Am liebsten wäre ich im Boden versunken. Die Harpyien spielten bereits gegen die Hyänen, wobei die Vögel keine Chance gegen die gemeinen Aasfresser hatten. Das Spiel endete 1:3 und als nächstes mussten die Jaguare gegen die Hyänen antreten. Als Liam für einen Moment hochschaute, hielt ich zwei Daumen nach oben und lächelte. Ich bekam aber kein Lächeln zurück. Der Jaguar verkroch sich wieder mal in seine Einsamkeit zurück.

Oder lag es doch an Colton? Ich blickte zur Seite und hatte das Gefühl, dass dieser näher herangerückt war. Nun stieg mir dauerhaft sein Geruch in die Nase und meine Konzentration für das Spiel ließ rapide nach. Ich lehnte ich ein wenig nach hinten, um seine Rückenpartie zu betrachten. Seine Schultern vibrierten bei jedem Klatschen mit. In dem engen Shirt konnte ich den Verlauf seiner Wirbelsäule gut erkennen. Als er sich einmal nach vorne beugte, um der Mannschaft etwas zuzurufen, blitzte eine orangene Retropants hervor und ohne es verhindern zu können, stellte ich mir vor, wie es aussehen würde, wenn er nur noch diese anhätte.

Der weit geschnittene Rundausschnitt

präsentierte seinen ganzen Nacken und den braun gebrannten Hals. Wie ein Vampir lechzte ich plötzlich danach, meine Lippen darüber gleiten zu lassen. Mein Verstand versagte und gab das Blut in tiefere Regionen ab. Plötzlich saß ich wieder kerzengerade. Denn sonst wäre die Beule, die sich bildete, auf jeden Fall sichtbar gewesen. Es stand 2:2 und die Jaguare mussten um jeden Ballbesitz kämpfen.

Eine der Tüpfelhyänen hatte es offensichtlich auf Jade abgesehen, denn er gab ihr nicht den Hauch einer Chance, an ihm vorbeizukommen. Zwischendurch kicherte er, um sie zu verunsichern. Die letzte Minute brach an, aber beide Teams ließen den Ball nicht mehr in die Nähe ihrer Tore. So endete das Spiel mit einem unentschieden.

Es fehlte nur noch das letzte Spiel vor der fünfzehn minütigen Pause. Ich sehnte ich nach frischer Luft und ein wenig Bewegung. Colton lehnte sich zu mir herüber und rief in mein Ohr: „Danke, dass du mich mit-genommen hast. Ich hatte schon lange nicht mehr so viel Spaß." Ich lehnte mich ein Stück weiter zu ihm und sein Duft schien hier am stärksten zu sein. Fast hätte ich vergessen, was ich sagen wollte: „Gern geschehen. Wollen wir uns nach diesem Spiel ein wenig die Beine vertreten?" Er blieb in dieser Position: „Das ist eine gute Idee." Beim Zurückziehen strichen ungewollt unsere Wangen aneinander und es war, als ob tausend Blitze in meine Haut schlugen. Ich wusste gar nicht, wie mir geschah.

Als ich in seine eisblauen Augen blickte, schien er genauso schockiert zu sein wie ich. Mit den Händen auf dem Schoss schauten wir uns das Spiel an. Gegen die Alligatoren stellten sich die Harpyien besser an. Schnell stand es 2:0, aber so einfach wollten sich die Großechsen nicht geschlagen geben. Sie kämpften bis zum Schluss und mit dem Signalton schossen sie noch ein Tor, dass ihnen zwar nicht den Sieg brachte, aber sie schienen dennoch zufrieden zu sein.

Obwohl wir nur etwas mehr als eine Stunde in dem Gebäude verbracht hatten, war es trotzdem gut, an die frische Luft zu gehen. Aufgrund der vielen Leute war es in der Halle doch recht stickig geworden. „Wir können ja einmal um die Halle herumgehen", schlug ich vor, um meinem Bewegungsdrang gerecht zu werden.

Wir schlenderten im Uhrzeigersinn den

gepflasterten Weg entlang. „Was war das eigentlich gerade?", fragte Colton und blieb stehen. Wir hatten gerade die erste Ecke passiert. „Was meinst du?", fragte ich unschuldig. Natürlich wusste ich, worauf er hinaus wollte. Aber ich wollte nicht der Erste sein, der es zugab. „Jetzt komm schon! Ich habe genau gesehen, dass du genauso überrascht warst wie ich. Was ist da passiert?" Ich lief weiter und er musste mir folgen, um die Antwort mitzubekommen. Ich versuchte, es rational zu erklären: „Die Chemie stimmt einfach. Es hat irgendwie geknistert zwischen uns." Wir hatten gerade die nächste Ecke erreicht.

Auf der Rückseite der Sporthalle blieb Colton wieder stehen: „Es ist dein Geruch! Diese Mischung aus Rosmarin, Veilchen und Bergamotte. Das macht mich noch wahnsinnig!" Er kam zwei Schritte auf mich zu. Er stand direkt vor mir und sah mir in die Augen. „Mein Geruch?", fragte ich entrüstet, „Es ist ja wohl eher dein Geruch, der mich rasend macht!" Und ohne weitere Worte küsste ich ihn und er mich und endlich kam die Gefühlsexplosion, die ich bei Jackson nicht hatte.

Seine Lippen waren so weich und ergänzten sich zu meinen. Und seine Zunge stieß nicht in mich hinein, sondern wartete geduldig, bis ich sie hinein sog. Ich strich über Coltons Hals und spürte dabei, wie er Gänsehaut bekam. Seine sanften Finger spielten mit meinen Ohrläppchen und ein Schauer nach dem nächsten jagte durch jede Faser meines Körpers.

Ich schob ihn zur Hallenwand und als er sie berührte, trafen unsere Vorderseiten aufeinander. Ich war so hoch gepusht, dass ich mich ihm völlig hingeben wollte. Doch plötzlich öffnete sich links von uns eine Tür und eine Schar Fußballer stürmte heraus. Lachend und trollend wollte auch sie die frische Luft genießen. Erschrocken ließen Colton und ich voneinander ab und blickten uns um.

Ich entdeckte in der Gruppe auch ein paar Jaguare. Zwei davon kannte ich. Als Liam mich entdeckte, kam er direkt auf uns zu. Seine Miene sah alles andere als fröhlich aus und mit seinem Raubkatzengesicht wirkte er furchteinflößend. Er stemmte wütend die Hände in die Hüften und ging immer schneller. „Du lässt aber auch nichts anbrennen, was? Gestern warst du noch scharf auf Jackson", rief er mir verächtlich entgegen.

Mir blieb die Spucke weg; ich atmete tief ein, bevor ich überhaupt fähig war, halbwegs ruhig zu antworten: „Muss ich mich vor dir rechtfertigen? Du hast mir doch von Jackson abgeraten." Ich blickte zu Colton: „Ich habe eben jemand Besseren gefunden." Ich lächelte und bekam ein verlegenes Lächeln zurück.

Dann drehte ich mich wieder zu Liam: „Hast du etwas dagegen?" Der blieb abrupt stehen. Ich sah, dass er mit seinen Worten rang. Ihm war aber klar, dass er kein Recht dazu hatte, mir Vorschriften zu machen. Ich machte noch einen Schritt auf ihn zu, während Liam seine Position behauptete. „Nein, musst du nicht. Du sollst nur aufpassen. Hier gibt es mehr als nur eine Schlange." Damit blickte er zu Colton, aber ich war mir sicher, dass seine Worte nur heiße Luft waren.

Ich machte bewusst noch einen Schritt nach vorne, um zu zeigen, dass ich keine Angst vor ihm hatte. Dabei stieg mir sein Geruch in die Nase und damit hätte ich den von Colton fast vergessen. Die animalische Ausstrahlung wurde durch die Maskierung um ein Vielfaches verstärkt. Seine Augen blieben die ganze Zeit bernsteinfarben, trotzdem wirkte er eher wie ein wilder Stier und nicht wie eine Raubkatze. „Jetzt lass den Kleinen doch endlich in Ruhe, Liam!" Das war Jade und ich war ihr unendlich dankbar. Wenn das so weiterging, müsste ich sie am Ende doch noch mögen. Er beugte sich kurz nach vorne und flüsterte mir ins Ohr: „Wenn ich später nach Hause komme und ich euch beim Vögeln erwische, fliegt er hochkant raus. Ist das klar?" Ich musste einfach grinsen. Nickend ging ich zu Colton zurück: „Die Pause ist gleich vorbei", sagte ich laut genug, dass Liam mich noch hören konnte.

Ich ergriff Coltons rechte Hand und ging mit ihm denselben Weg wieder zurück. Erst als wir um die zweite Ecke kamen und der Eingang wieder in Sichtweite kam, fand Colton seine Sprache wieder: „Dein Mitbewohner ist aber ganz schön aufbrausend. Was hat er dir denn noch zugeflüstert?" Kichernd schüttelte ich den Kopf: „Das willst du gar nicht wissen." Um weitere Fragen vorzubeugen, küsste ich ihn einfach wieder und er ließ sich nur zu gerne den Mund verbieten.

Ich schloss die Augen und es fühlte sich

einfach richtig an. Eine weibliche Stimme räusperte sich neben uns: „Ich störe Euch nur ungern, aber wenn ihr das Finale sehen wollt, müsst ihr jetzt hineingehen." Es war eine der Empfangsdamen und ich fand es ganz reizend, uns darauf hinzuweisen. Wir lächelten sie dankbar an und ohne darüber nachzudenken rannten wir ins Gebäude. Zu unseren Sitzplätzen zu gelangen, gestaltete sich schwierig, weil wir die letzten waren. Tapfer erkämpften wir uns das kleine Stückchen auf der Tribüne zurück. Meine Tasche stand noch unten auf dem Boden. Im Nachhinein erschien es mir ganz schön leichtsinnig gewesen zu sein. Jeder hätte sie mitnehmen können, ohne dass es jemandem aufgefallen wäre.

Auf dem Feld standen alle Mannschaften und hielten auf großen Schildern den aktuellen Punktestand hoch. Die Alligatoren und die Harpyien hielten mit vier Punkten Gleichstand, die Jaguare konnten sieben Punkte vorzeigen und die Hyänen lagen mich acht Punkten vorne. Nun mussten noch einmal die beiden vorderen und die beiden letzten gegeneinander antreten. Wenn Liams Team gewinnen wollte, brauchten sie ein Tor mehr als die Hyänen. Es würde also spannend bleiben. Und das nicht nur auf dem Feld, denn wenn wir die Spiele sehen wollten, mussten wir die Finger von einander lassen. Colton setzte sich mit einem anzüglichen Grinsen ein Stückchen weiter entfernt. Das Spiel der Hyänen und Jaguare wurde angepfiffen. Die Tiernamen passten sehr gut, denn während die Raubkatzen den richtigen Moment zu nutzen wussten, überzeugten die Raubkatzenähnlichen mit großer Ausdauer. Mein Blick schweifte immer wieder nach rechts zu Colton.

Der hatte sich wieder vom Fußballfieber anstecken lassen. Erst jetzt, nach dieser Pause, begriff ich, wie süß er war. Die leicht verkürzte Nase, das markante Kinn, die langen blonden Wimpern und die fast zu kleinen runden Ohren. Ich hatte mich so von Liams Muskeln und Jacksons Schönheit blenden lassen, dass mir fast entgangen wäre, wie viel interessanter das Unperfekte sein konnte.

Auf einmal sprang er hoch und rief „Tor!". Ich hatte das erste Jaguar-Tor verpasst. Mist! Konzentriert schaute ich wieder auf das Spielfeld. Nun wurden die Hyänen rabiater. Bisher hatten sich alle mit Foulen zurückgehalten.

Doch diese unausgesprochene Regel schien nun aufgelöst zu sein. Immer wenn die Jaguare einen Vorstoß wagten, landeten sie auf irgendeine Art und Weise auf dem Boden. Die Schiedsrichter pfiffen nun regelmäßig und es wurden zwei gelbe Karten verteilt. In einem unbedachten Moment schossen die Hyänen das Ausgleichstor. Es waren nur noch drei Minuten zu spielen.

Liam schien mit Jade per Augenkontakt einen Plan auszuhecken. Die Gegner sahen das leider auch. Zwei von ihnen fingen an zu lachen, wie sie es schon zu Beginn des Turniers gemacht hatten. Ich ahnte schon, dass das nicht gut ausgehen konnte. Liam war im Ballbesitz und rannte los. Geschickt wand er sich um die ersten zwei Gegner herum, passte hinüber zu Jade und als sie mit dem rechten Fuß ausholte, um den Ball mit Schmackes ins Tor zu donnern, grätschte eine Hyäne von hinten gegen ihre linke Wade.

Colton und ich sprangen gleichzeitig auf und verfolgten den Moment in Zeitlupe. Der Ball rollte an ihr vorbei, während sie noch in der Luft schwebte. Die Hyäne stand schon wieder aufrecht, bevor sie den Boden berührte. Jade versuchte noch, sich im Fall rechts herum zu drehen, um sich mit den Händen abstützen zu können, doch sie war zu schnell und der Boden zu hart.

Selbst hinten auf der Tribüne konnten wir hören, wie ihr Unterarmknochen nachgab und laut knackte. Sie schrie grell auf und ich sah selbst aus dieser Entfernung, wie die Knochensplitter aus ihrem Armfleisch herausschauten. Ohne weiter darüber nachzudenken, drängte ich mich durch die vordere Reihe und sprang über das Geländer. Zwar hatte ich über offene Armfrakturen bisher nur gelesen, aber helfen wollte ich trotzdem. Meine Hoffnung bestand darin, nicht der einzige Medizinstudent hier zu sein.

Während einer der Jaguare einen Krankenwagen rief, saß Liam bei ihr und streichelte ihr liebevoll übers Haar. Als ich bei Jade ankam, war ich leider immer noch der Einzige. Anscheinend begeisterten sich die Mediziner nicht für Fußball.

„Liam, habt ihr keinen Arzt hier?", rief ich ihm zu. Er schüttelte seinen Kopf, während seine beste Freundin kläglich vor Schmerzen weinte. „Das sollte doch ein Freundschaftsspiel werden", sagte Liam und es klang, als würde er selbst gleich Tränen vergießen. Der Arm sah schlimm aus. Der Bruch befand sich knapp vor dem Handgelenk. In einem der Bücher hatte ich gelesen, dass es irreparable Schäden geben konnte, wenn der Knochen nicht in einem bestimmten Zeitrahmen wieder in ursprüngliche Position gebracht wurde.

„Wie lange dauert es, bis der Rettungswagen hier ist?" Eine Harpyie antwortete mir: „Wenn es gut läuft, zwanzig Minuten. Das kommt auf den Verkehr an." Mir erschien das viel zu lange. Würde ich den Knochen wieder einrenken, müsste sich der Schmerz um ein Vielfaches verringern. Aber würde ich Fehler machen, konnte ich auch einige Schäden verursachen. „Jade, ich kann den Knochen wieder hineinschieben. Während dieser Prozedur wird es kurzweilig mehr weh tun als jetzt, dafür danach viel weniger und wir können es dann verbinden." Meine Ehrlichkeit gebot es mir, hinzuzufügen: „Ich habe das aber noch nie gemacht."

Mittlerweile war Colton dazugekommen. Er starrte schockiert auf die blutende Wunde.

Jade wimmerte kraftlos: „Bitte, mach es! Mach, das der Schmerz aufhört. Ich vertraue dir."

Das gab mir das nötige Selbstvertrauen: „Colton, du musst mir helfen. Halte ihren Arm mit deinen Händen am Ellenbogen fixiert und sorge dafür, dass er sich nicht bewegt." Ich sah, dass Liam ihre rechte Hand hielt. Das war gut, denn das würde auch gleich ihm Schmerzen bereiten.

Ich atmete tief ein, schob vorsichtig den Knochen zurück und fast automatisch schnappte er nach unten. Jade schrie richtig laut auf und quetschte Liams Hand, sodass auch er keuchte. Dann beruhigte sie sich langsam. Ich brauchte etwas, um die Blutung zu stoppen. Als ich mich umschaute, entdeckte ich nichts Passendes.

Kurzentschlossen zog ich mein mintgrünes T-Shirt aus, faltete es der Länge nach und band es um Jades Unterarm. Es musste ja nur so lange halten, bis die Rettungssanitäter mit dem professionellen Equipment anrücken würden.

„Danke, Mei Jing. Es tut zwar noch weh, aber ich kann es jetzt aushalten." Ich stand wieder auf und erst in diesem Moment realisierte ich, dass die Halle immer noch voller Zuschauer und

Fußballer war.

Und das Shirt, dass sich heute Nachmittag noch so toll um meine drahtige Figur geschmeichelt hatte, tränkte sich nun mit Blut und ich fror oben ohne. Wenn ich so weiter machen würde, müsste ich mein Klamottenbudget erweitern.

Es dauerte noch zehn Minuten, bis die Sanitäter eintrafen. Zu dem Zeitpunkt lief Jade ihnen bereits entgegen, die Hyänen waren wegen brutaler Regelverletzung disqualifiziert worden und die Alligatoren kämpften gegen die Harpyien um den dritten Platz.

Liam würde seine beste Freundin ins Krankenhaus begleiten und wir schauten das Turnier zu Ende. Die Raubvögel besiegten die Großechsen mit 4:2. Colton konnte auf dem Rückweg gar nicht aufhören, von dem ereignisreichen Abend zu schwärmen. „Du bist da einfach hinunter gesprungen. Völlig instinktiv. Und hast sogar dein letztes Hemd gegeben." Ich kicherte. Der Wind zog über meine entblößten Schulten und lies mich frösteln.

Dann vibrierte mein Handy zweimal. Ich nahm es aus der Tasche und wischte auf dem Display von oben nach unten. Die erste Nachricht war von

Liam: „Die Ärzte sagten, du hast richtig gehandelt. Vielen Dank. Das war ganz toll. Wir müssen darüber nochmal reden. Es ist etwas Unerwartetes passiert." Ich blieb stehen. Das konnte doch nicht sein Ernst sein, oder? Mit stockendem Atem las ich die zweite Message. Sie war von Jackson: „Wieso begnügst du dich mit abgenutzten Sachen, wenn du doch jederzeit mich haben kannst?"

So ein Arschloch. Ich zeigte Colton die letzte Nachricht. Die davor behielt ich für mich. Mein Süßer schnappte nach Luft: „Dieses Ekel! Na warte. Der hat eine Abreibung verdient!" Colton lief aufs Verbindungshaus zu und mir blieb nichts anderes übrig, als hinterher zu rennen. Er war ziemlich schnell und ich völlig untrainiert. Wenn ich mit den Männern hier mithalten wollte, dann würde ich mehr für meinen Körper tun müssen.

Ich holte ihn erst bei der Haustür ein, die er aufschließen musste. „Colton, warte! Lass es sein!" Ich hielt ihn am linken Arm fest und ich brauchte meine ganze Kraft dafür. „Wenn du gesehen hättest, mit welcher Leichtigkeit er Liam zu Fall gebracht hat, würdest du gar nicht erst darüber nachdenken, Jackson zu schlagen. Den Kampf verlierst du." Er zog mich in den Flur hinein, aber anscheinend spürte er den Wahrheitsgehalt meiner Aussage.

Ich schloss die Tür von innen. Hier fror ich fast noch mehr als draußen, weil die Klimaanlage auf Hochtouren lief. Colton lehnte sich an eine Kommode: „Aber wir können ihn doch nicht so einfach davonkommen lassen. Das hat er nicht verdient." Dem stimmte ich zu, doch Gewalt war hier nicht das richtige Mittel. Wir mussten subtiler vorgehen.

Ich ging auf Colton zu und sofort schlossen sich seine Arme um mich. Seine Wärme übertrug sich auf mich. „Falls Jackson wirklich verletzt ist, was ich noch nicht einmal glaube, wäre es doch am Effektivsten, ihm zu zeigen, dass er uns egal ist. Nach dem Motto 'ignorance is bliss'. Wir nehmen ihm seine Aufmerksamkeit. Soll er doch dauerhaft alleine im Mittelpunkt stehen. Ohne Zuschauer stelle ich mir das ziemlich langweilig vor." Ich grinste diabolisch; Coltons Augen zuckten verführerisch und ich musste ihn einfach küssen.

Zuerst blieb es harmlos, aber dann legte Colton einen weiteren Gang ein. Seine Hände und Finger fuhren ganz sanft über meinen Rücken. Mit jedem weiteren Millimeter erkundete er meine Haut und die Nervenbahnen darunter konnten diese Reize gar nicht schnell genug an mein Gehirn weiterleiten. Als er an meinem Steißbein ankam und mich gegen sich drückte, konnte ich einen Stöhnen nicht mehr unterdrücken. Mein Verstand hatte sich längst verabschiedet und der Sexualtrieb hatte die Kontrolle übernommen. Unsere Lippen trennten sich nur widerwillig: „Wo ist dein Zimmer?" Er zeigte mit dem linken Zeigefinger nach oben: „Es liegt direkt über Jacksons." Das wirkte sogar noch zusätzlich als Aphrodisiakum. Ich ergriff seine rechte Hand und lief die Treppe hoch. Jackson wohnte ihm ersten Stock, daher lief ich einfach weiter bis zur nächsten Etage.

Mir war klar, dass ich damit alle Dating-Gesetze brach, die ich bei 'Sex and the City' gelernt hatte. Andererseits kamen Mr. Big und Carrie trotzdem zusammen, obwohl sie beim ersten Date Sex hatten. Okay, erst nach sechs Jahren, aber immerhin! Aus logischen Gründen lag Coltons Zimmer auch auf der linken Seite. Obwohl ich es mir hätte denken können, sah sein Zimmer komplett anders aus als Jacksons. Das Bett war groß und einladend, kein Futon und aus Metall. Vorne und hinten ragten die Beine noch gut dreißig Zentimeter in die Höhe und waren mit Metallstangen verbunden. Ich dachte sofort an Anastacia und Christian. Das war schon mal viel-versprechend. Die beiden kürzeren Wandlängen blieben weiß, während die Längeren die gleiche Farbe wie Coltons Augen hatten. Ich fragte mich, ob das Zufall war. Sein Schreibtisch ging über Eck und war L-förmig. Hier kombinierte sich Metall mit Glas. Darauf standen zwei große Flachbild-Monitore, zwei Tastaturen und zwei Mäuse. Darunter standen dementsprechend zwei Rechner. Ein Buchregal neben der Tür gab dem Raum mehr Tiefe. Er wirkte antik, aus schönem Eichenholz und die vielen Bücherrücken ergaben ein raffiniertes Mosaik aus Farben und Schriften. Daneben stand ein weißes Keyboard und auf den Notenblättern erkannte ich den Titel. Es war Yirumas 'The river flows in you'. Allein bei dem Gedanken an die Melodie schwappte mein Herz über. Diese überaus gefühlvolle Instrumental-Piano-Nummer des japanischen Künstlers verpasste mir grundsätzlich Gänsehaut. Der Kleiderschrank wirkte verhältnismäßig klein, aber der Ganzkörperspiegel daran erschien mir sehr freundlich zu sein. In ihm wirkte ich nicht wie die kleine Person, die ich gerne aus mir machte, sondern eher wie ein gutaussehender junger Mann, dessen unglaublich süßer Boyfriend gerade von hinten seinen Nacken küsste. Ich verlor mich im Taumel meiner Gefühle. Coltons Lippen glitten wie Seide über meine Haut und sein Duft brachte meine Knie zum Zittern.

Seine Hände erkundeten meinen Oberkörper und als er über meine rechte Brustwarze strich, verlor ich jegliche Kontrolle. Die Lust, die in mir immer stärker wurde, machte mich mutiger. Ich nahm seine rechte Hand und schob sie immer tiefer, bis seine Finger meine Beule berührten.

Er verstand den Wink und als seine Hand mein hartes Teil erkundete, hielt er kurzweilig inne: „Wow, das ist ja ein Kaliber!" Seine Küsse wurden fordernder. Ich drehte mich zu ihm um, denn ich wollte sein Shirt ausziehen. Das ging diesmal viel leichter als gedacht. Seine rasierte Brust war nicht stahlhart und der Bauch zwar flach, aber ohne Sixpack. Meine

Hände liebkosten trotzdem seine Haut, als wäre er das erotischste Model der Welt.

Als ich dreist in eine seiner Brustwarzen kniff, stöhnte er laut auf. Das hatte Entwicklungspotential. Ich erkundete seinen runden Knackpo und ich erinnerte mich an die orangene Retropants. Während unser 'french kissing' immer leidenschaftlicher wurde, versuchte ich mich daran, seine Hose zu öffnen.

Ich begann, den Erfinder von Gürteln zu hassen. Der Verschluss war so merkwürdig. Ohne hinzuschauen konnte ich nicht bestimmen, auf welcher Seite sich der Klickmechanismus befand. Doch Coltons Lippen liebkosten gerade meinen Hals an dieser besonders empfindlichen Stelle unter den Ohrläppchen, sodass jegliche Feinmotorik bei mir versagte. Ich gab den Versuch auf, doch im gleichen Moment sorgte Colton selbst mit einem einfachen Griff dafür, dass sich der Gürtel löste.

Der Weg war frei. Dachte ich jedenfalls. Er trug eine geknöpfte Hose ohne Reißverschluss. Langsam begriff ich, warum man Sexdates besser planen sollte. Eine Menge Hindernisse ließen sich dann im Vorfeld vermeiden. Mühselig knöpfte ich die sechs Verschlüsse auf und konnte mir nun endlich die Belohnung gönnen, seine Hose herunter zu ziehen.

Colton unternahm einen Versuch, aus den Beinen heraus zu kommen, aber die Röhrenjeans war unten viel zu eng. Ich seufzte und ließ von seinen köstlichen Lippen ab. Wir kicherten kurz und während er sich aus der Hose zwängte, öffnete ich gleich meine und zog sie aus.

Diesmal war ich cleverer, denn aus Fehlern lernt man bekanntlich. Daher legte ich mich auf sein Bett und räkelte mich lasziv auf dem Laken, welches mit seinem Geruch angereichert war. Colton betrachtete mich lüstern und kam zum Bett, legte sich aber nicht sofort dazu. Der orangene Stoff dehnte sich pulsierend aus und ich konnte es gar nicht abwarten, den Inhalt zu betrachten.

Colton beugte sich vor, er stand direkt an der Bettkante. Mit den Fingern der linken Hand fuhr er sanft von meinen Zehenspitzen über die Wade hinauf, über mein Knie und den Oberschenkel. An meinem Schritt glitten sie vorbei, doch er berührte für einen kurzen Moment meine Schwanzspitze und es war, als würde der Blitz dort einschlagen.

Pure Energie floss durch meinen Körper und die Endorphine machten mich regelrecht high. Colton genoss meine Erregung und er wusste genau, was er tat. Ich wollte mehr. Mich interessierte, welche Empfindungen noch auf mich warten würden.

Ich richtete mich ein Stück weit auf und fuhr mit der rechten Hand über seinen Schaft, der sich überdeutlich abzeichnete. Als ich seine Eichel ertastete, stöhnte Colton auf. Ich nahm meine andere Hand hinzu und zog die Shorts hinunter. Mir stockte der Atem. Nie hatte ich etwas Schöneres gesehen. Sein Schwanz war wohlproportioniert und zum Glück nicht so lang wie meiner, eine Nuance nach oben gebogen und die pulsierenden Adern liefen fast spiralförmig den kräftigen Schaft entlang. Die Eichel war noch teilweise in der weichen Vorhaut verpackt, lukte aber herrlich rosa glänzend heraus.

Coltons Intimbereich war rasiert, sodass sein prall gefüllter Sack direkt greifbar war. Meine rechte Hand umschloss ihn und als ich leicht daran zog, folgte ein wohliges Stöhnen. Mit der anderen Hand fuhr ich sanft über die ganze Länge seines Stabes und als ich vorne an der Spitze ankam, strich ich mit dem Zeigefinger über den Lusttropfen.

Ich wollte wissen, wie er schmeckt. Als Colton sah, wie ich genüsslich meinen Finger ableckte, konnte er nicht mehr dort stehen bleiben. Er legte sich zu mir und küsste mich leidenschaftlich. Es war einfach herrlich, sein Gewicht auf meinem Körper zu spüren, seine Brust direkt an meiner, sein hartes Teil direkt an meinem.

Viele der Bewegungen machte ich nun ganz automatisch. Meine rechte Hand fuhr seinen Rücken hinunter und griff beherzt in eine seiner Pobacken. Mein Becken erwiderte Coltons Takt und das einzige, was noch störte, war meine burgunderrote Retropants mit den hellgrauen Nadelstreifen. Es war, als ob Colton meine Gedanken lesen konnte. Er ließ von meinen Lippen ab und wanderte mit den Küssen ganz langsam nach unten, über meinen Hals, meiner Brust, weiter nach unten zu meinem Bauchnabel.

Dort kitzelte es und ich musste mir das Kichern verkneifen. Mit den Fingern massierte er mein bestes Stück und allein das brachte mein Blut so in Wallung, dass ich noch härter wurde und laut zu stöhnen begann. Dann zog Colton endlich die Short aus und der Moment schien ewig zu dauern. Dann war ich frei und in den eisblauen Augen entdeckte ich einen gewissen Respekt in Anbetracht der stattlichen Größe meine Geschlechtsteils. Ich hatte mir das nicht ausgesucht, die Natur hatte mir dieses Geschenk gemacht und ich musste nun mit diesem Monstrum leben.

Meine Mutter hatte damals auf eine Beschneidung bestanden, aus Hygienegründen wie sie immer wieder betonte, daher war meine Eichel freiliegend, prall und dunkelrosa schimmernd. Colton beugte sich hinunter und leckte meinen Lusttropfen mit der Zunge ab. Ich fürchtete schon, allein deswegen zum Orgasmus zu kommen, doch als er seine Lippen über meine ganze Länge gleiten ließ, verstärkte sich dieses Gefühl noch.

Aber anscheinend spürte er genau, wie weit er gehen konnte. Zwischendurch hielt er inne, um mich nicht zu überreizen. Trotzdem war ich nicht auf die Empfindungen vorbereitet, die er verursachte, als er meinen Schwanz in den Mund nahm. Ich krallte die Hände in die Decke und warf den Kopf nach hinten. So ähnlich stellte ich mir die Wirkung von Heroin vor. Die pure Ekstase. Ich wurde sofort süchtig danach und wollte mehr.

Colton bemühte sich, möglichst viel von mir aufzunehmen, aber das war nur begrenzt möglich, wie er feststellen musste. Ich verlor jegliches Zeitgefühl. Es zählten nur noch Coltons Lippen an meinem Schwanz. Seine Hände massierten nebenbei meine Eier und ich genoss es, wenn er darauf leichten Druck ausübte. Meine Lust steigerte sich immer mehr.

Um so frustrierender fühlte es sich an, als seine Lippen von mir abließen. Er wanderte wieder hoch und dann berührten sich unsere Stäbe zum ersten Mal hindernislos. Wir stöhnten gleichzeitig auf, intensive Schauer durchdrangen mein Innerstes. Nun wollte ich wissen, wie weit ich ihn treiben konnte.

Ich drehte mich rechts herum und schon lag ich oben auf ihm. Erstaunt stellte ich fest, dass es sich anders anfühlte. Eine gewisse Macht lag darin, auf jemanden drauf zu liegen. Und natürlich Kontrolle. Er war mir nun ausgeliefert und ich musste mir erneut ein Kichern verkneifen. Mal sehen, wie Colton auf verschiedene Sachen reagierte. Ich liebkoste die empfindliche Stelle am Hals, während ich mit den Fingern seine Ohren kraulte. Ich beobachtete, dass er intensiver darauf reagierte, als ich dachte. Er wand sich förmlich vor Erregung, sodass ich mir das schon mal merkte. Ich wanderte tiefer. Seine hellbraunen Brustwarzen waren klein und aufgestellt.

Zuerst umkreiste ich eine mit der Zunge, dann fuhr ich mit den Lippen darüber und saugte daran. Seine Reaktion war eindeutig positiv und als ich seine Knospe mit meinen Zähnen sanft drückte, stöhnte er laut auf. Mir gefiel, wenn er das tat. Das Geräusch war tiefer als seine normale Stimme und machte mich unglaublich an.

Ich wanderte tiefer und da war er in all seiner Pracht. Sein Hodensack lag straff und ohne Falten unter seinem Ständer und ich begann sofort, ihn wie einen Handschmeichler zu massieren. Mit der anderen Hand umgriff ich seinen steinharten Schaft und zog ihn sanft nach unten. Endlich lag die Eichel frei.

Ohne zu zögern stülpte ich meine Lippen darüber und ein leicht salziges Aroma förderte meinen Speichelfluss. Ich versuchte, ihn ganz in mich aufzunehmen, aber selbst bei seiner Größe scheiterte ich. Colton stöhnte jetzt kontinuierlich und es war ein tolles Gefühl, ihm Lust zu bereiten. Allmählich hatte ich den Dreh heraus, wie ich atmen musste und welcher Rhythmus am besten funktionierte.

Ich spürte, dass es besser war, aufzuhören. Lange würde er nicht mehr brauchen und so löste ich mich schweren Herzens von seinem Schwanz. Auch ich wanderte wieder hinauf. Er keuchte schwer: „Das war gerade noch rechtzeitig. Das war richtig gut. Da lasse ich dich häufiger dran." Ich grinste dümmlich. Damit konnte ich also punkten. Gut zu wissen. Wir küssten uns wieder; unsere Körper rieben aneinander und jede noch so winzige Nervenbahn schien aktiv zu sein. Ich griff in seine Haare, er ließ seine Hand durch meine Pospalte gleiten. Als er dabei meinen empfindlichsten Punkt fand und streichelte, schwanden mir die Sinne. Ich küsste ihn heftiger und der Rhythmus meine Beckens wurde schneller. Mein Kolben schob sich über seinen, vor und zurück. Immer wieder berührten sich unsere Eier und als ich spürte, dass der Orgasmus unaufhaltbar wurde, kniff ich Colton in die Brustwarze.

Damit trug ich ihn mit über die Schwelle. Mit einem letzten Aufschrei kamen wir im selben Moment. Unsere Körper bebten vor Lust, während unser Cumshot in mehreren Schüben aus uns hinausschoss. Colton umarmte mich und so blieben wir liegen. Ich lehnte meinen Kopf an seine Brust und wäre gerne eingeschlafen, aber wieder drang sein Geruch an meine Nase und sofort richtete sich mein Schwanz wieder auf. Ich spürte, wie seiner ähnlich reagierte. Diesmal wanderte ich direkt hinab, denn ich wollte sehen, wie der Saft aus seinem Luststab heraussspritzte. Als ich ihn erneut in den Mund nahm, schmeckte ich noch ein wenig vom vorigen Erguss. Auch hier eine leicht salzige Note, aber durchaus schmackhaft. Ich saugte ihn wieder hart und erneut genoss ich es, das Zentrum seiner Lust zu sein.

Mit einer Hand hielt ich den Schaft, mit den anderen erkundete ich den Teil unter seinen Eiern. Ganz sanft strich ich darüber und ließ meine Finger zu seiner Rosette gleiten. Colton stöhnte laut auf, als ich dort kreisende Bewegungen machte. Bald würde er den nächsten Höhepunkt erreichen, daher löste ich den Mund von seinem Lustspender und begann, ihn zu wichsen. Mein Griff war nicht zu fest, aber bestimmt.

Die Auf- und Abbewegung begann ich erst langsam und steigerte dann das Tempo. Sein Stöhnen wurde heftiger. Meine kreisenden Bewegungen fixierte ich nun punktuell auf sein Loch und als ich merkte, dass er kurz vorm Orgasmus stand, drückte ich den Zeigefinger hinein.

Colton bäumte sich auf und ließ mit einem Aufschrei seine Energie hinaus. In hohem Bogen klatschte die Sahne auf seinen Bauch, bis hoch zur Brust. Der Anblick war mit Worten nicht zu beschreiben. Ich verrieb die Masse auf seiner Haut; es war klebrig und trocknete schnell.

Ich legte mich neben Colton und labte mich an seiner Geilheit. Er dagegen setzte zum Gegenangriff an. Beherzt griff er nach meinem Kolben und fing an, mich zu wichsen. Es fühlte sich anders an, als wenn ich es selbst tat. Trotzdem erregte es mich zutiefst. Als er noch die zweite Hand hinzunahm und immer schneller wurde, trieb er mich zielsicher zum Höhepunkt. Ich explodierte förmlich und wie ein Vulkan spie ich weiße Lava aus. Bei einem heftigen Schub flog es mir bis zum Hals und rann warm zur Brust hinunter. Keuchend ließ ich mich in die Kissen sinken. Wir küssten uns noch eine Zeitlang, bevor wir völlig erschöpft einschliefen.

Tag 3

Ich war noch völlig in einem Traum gefangen, als mich eine sanfte Melodie in die morgendliche Realität zurückholte. Mein Handywecker versuchte, mich mit Kelly Clarksons 'My life would suck without you' zum Aufstehen zu bewegen.

Seit ich die Funktion entdeckt hatte, mit der per Zufallsgenerator einen beliebigen Song meiner Playlist als Wecksignal wählte, konnte jeder Morgen zu einer Überraschung werden. Manchmal passte das Lied zu meiner Stimmung, manchmal nicht. Heute fand ich ihn nicht ganz optimal. Die Szenen meines Traumes waren noch zu präsent, um die Augen zu öffnen. Das, was gestern passierte, war doch gut! Wieso nahm dann mein Unterbewusstsein im Schlaf Liam als Bettgefährten? Das machte alles nur komplizierter. Würde Colton in meinen Augen erkennen können, dass ich nicht von ihm geträumt hatte? Ich tastete nach links, aber dort lag niemand.

Mein Handy war schon im Refrain angekommen, als ich nun doch die Augen aufschlug. Tatsächlich befand ich mich allein im Bett.

Von Colton war nichts zu sehen. Auch wenn mein Traum verwirrend gewesen war, hätte er mit einer Berührung alles wieder ins richtige Licht rücken können. Doch nun lag ich alleine auf seinen Laken.

Ich schlug die Bettdecke zurück und seufzte beim Anblick meiner Morgenlatte. Die würde wohl ungenutzt bleiben. Meine Shorts entdeckte ich direkt neben dem Bett. Sie waren schnell übergestreift. Hoffentlich gab es auf dieser Etage ein Badezimmer, denn ich hatte keine Lust, jemanden der anderen zu treffen.

Als ich meinen Handywecker abstellte, entdeckte ich drei neue Nachrichten. Noch etwas müde drückte ich die entsprechende Taste. Sie waren alle von Liam. Die Erste klang noch harmlos: „Bin wieder zu Hause. Wann kommst du?" Oh ja, gekommen war ich zwei Mal, aber nicht nach Hause. Die zweite klang schon anders: „Wo bleibst du denn? Ich muss dringend mit dir reden. Mache jetzt nichts Unüberlegtes!" Ja, sorry, reden ging nicht. Ich hatte den Mund voll. Kichernd las ich die letzte Message: „Du bist bei ihm, oder? Na gut, dann vergiss es. Wir sehen uns morgen. Das Gespräch erübrigt sich dann."

Mir blieb mein Lachen im Halse stecken. Ich setzte mich auf den Schreibtischstuhl. Wieso klang Liams Nachricht so verletzt? Ich konnte doch nicht jedes Mal sofort zu ihm rennen, nur weil er das so wollte! Wir sind Mitbewohner. Freunde. Er wollte das so! Oder wollte ich das so, weil es einfacher war, als solch ein Risiko einzugehen? Ich überlegte. Ging ich mit Colton auf Nummer sicher? Aber wie hätte ich das nach nur zwei Tagen sagen können?

Ich packte mein Smartphone zurück in die Hosentasche und beschloss, das Badezimmer zu suchen. Auf dem Schreibtisch lagen Coltons Schlüssel, daher ging ich davon aus, dass er hierher zurückkommen würde. Vielleicht war er ein geborener Frühaufsteher. Ich schlich durch den Gang, ohne jemandem zu begegnen. Auf beiden Flurseiten fand ich Toiletten, aber kein Bad. Dabei sehnte ich mich nach einer kalten Dusche.

Mir graute schon vor dem nächsten Zusammentreffen mit Liam, aber es war unvermeidlich. Selbst wenn ich mir ein Shirt von Colton leihen würde, musste ich in mein Zimmer, um meine Tasche vor der Vorlesung umzupacken. Schlecht gelaunt ging ich die

Treppe hinunter. Vielleicht würde ich im ersten Stock fündig werden.

Als ich an Jacksons Zimmer vorbei lief, hätte ich am liebsten gegen die Tür getreten. Aber ich beherrschte mich und fand dann endlich ein großes Badezimmer mit drei separaten Duschen. Sehr praktisch, weil ja fast alle zeitgleich aus dem Haus mussten. Ich wählte die linke Kabine und darin stand unten auch schon Shampoo und Duschbad. Die Retropants legte ich auf einen Stuhl.

Als das kühle Nass auf meine Haut traf, schloss ich genießend die Augen. Es tat gut, die schlechten Gedanken von mir herunter zu waschen. Gerade als ich überlegte, welches Lied ich nebenbei trällern konnte, öffnete sich die Badezimmertür. Ein Mann kam hinein, aber die milchigen Kabinenwände waren so undurchsichtig, dass ich nur die Silhouette erkennen konnte. Breite Schultern, groß gewachsen, muskelbepackte Arme und kinnlanges Haar.

Das musste Jackson sein! Sofort raste mein Wutlevel nach oben. Unter vier Augen konnte ich ihn zur Rede stellen. Ohne Nachzudenken riss ich die Duschtür auf: „Guten Morgen,

Jackson. Ich hoffe, du hast gut geschlafen." Der drehte sich ruckartig um. Anscheinend hatte er nicht gemerkt, dass jemand unter der Dusche stand. Seine Haare standen noch verwirrt ab, die Müdigkeit lang noch in seinen Augen.

„Mei Jing, ich … nicht wirklich", stammelte er vor sich hin. Wahrscheinlich machte meine Nacktheit ihn verlegen. Er selbst trug nur eine hellgrüne Boxershorts, die sich mächtig ausbeulte, als sein Blick auf mein Gemächt fiel. Ich stieg hinaus und baute mich vor ihm auf. Jackson legte seine Hände vor seinem Ständer, aber das verdeckte nicht viel.

„Was sollte die Message gestern? Das war sowas von unnötig. Dachtest du ernsthaft, ich würde Colton deshalb wieder fallen lassen und sofort zu dir rennen? Du bist wie Liam." Ich dachte über das Letztgesagte kurz nach, während ich zusah, wie die Farbe aus Jacksons Gesicht wich. „Ihr seid euch ziemlich ähnlich. Vielleicht solltet ihr euch wieder zusammentun. Aber halte dich in Zukunft von mir fern."

Meine Nase nahm in dieser Nähe seinen Geruch auf. Sofort schlug dieses Aroma nach unten.

Als Jackson sah, wie mein Phallus größer und härter wurde, kam seine Farbe zurück. Ein lüsternes Grinsen förderte seine süßen Grübchen zutage: „Da sagt aber jemand etwas ganz anderes." Ich versuchte, mich zu konzentrieren, um das Blut wieder in mein Gehirn zu pumpen, doch je mehr ich mich anstrengte, desto geiler wurde ich.

Wie konnte das sein? Ich war doch wütend auf ihn! Wieso begriff mein Körper das nicht? In der Hoffnung, dass die Entfernung den Bann brechen würde, ging ich zurück zur Duschkabine. Doch stattdessen sah Jackson das als Einladung an. Er zog die Boxershorts aus und kam auf mich zu. Ich hatte seine Erektion schon an meinem Körper gespürt, doch sie zu sehen, war etwas ganz anderes.

Der Umfang seines Ständers war etwas schmaler als Coltons, dafür war der Schaft ein ganzes Stück länger und kerzengerade. Die beschnittene Eichel glänzte blassrosa. Die großen Eier lagen tief und schwangen bei jedem Schritt mit. Ich vergaß zu atmen und überlegte panisch, wie ich aus dieser Nummer wieder herauskommen konnte.

Das Schließen der Kabinentür kam mir als

Erstes in den Sinn. Aber was würde Jackson davon abhalten, sie wieder zu öffnen? Ich konnte einfach aus dem Bad rennen, aber das erschien mir zu hysterisch. Oder ich ließ einfach zu, dass er mich hier und jetzt vernaschte. Damit würde ich selbst zu einem eiskalten Engel werden.

Unschlüssig stand ich in der Kabine, während Jacksons heißer Body meinem immer näher kam. Wieder reagierte ich wie die Maus im Bann der Schlange. Aber dann fiel mir Chloés Satz wieder ein: „Es gibt auch Schlangen, die Schlangen fressen." War die Sache mit Colton vielleicht unterbewusst genau der Anfang in diese Richtung gewesen? Ich musste selbst zur Schlange werden, wenn ich mich gegen Jackson wehren wollte. Liam würde dies hier noch weniger gutheißen als die Nacht mit Colton, aber das war sein Problem.

Ich wartete ab. Der muskelbepackte Adonis kam von selbst zu mir in die Dusche und schloss die Kabinentür. Allzu viel Platz blieb darin nicht für zwei Leute, sodass wir direkt voreinander standen. Jackson versuchte, mich zu küssen, doch ich zog den Kopf weg. Die Erfahrung hatte ich bereits gemacht; ich brauchte sie nicht noch einmal. Stattdessen nahm ich seine rechte Hand und legte sie um mein hartes Glied herum. Er packte fest zu und begann, mich zu wichsen.

Als ich anfing zu stöhnen, sah ich blanke Gier in seinen dunklen Augen aufblitzen. Ohne, dass ich ihn dirigieren musste, sank er auf die Knie und sofort schlossen sich seine Lippen um meine dicke Eichel. Beim Blowjob stellte er sich wesentlich besser an als beim French kissing. Ich nahm mir die Freiheit, seinen Kopf mit meinen Händen zu steuern und fand schnell den idealen Rhythmus.

Manchmal drückte ich meinen langen Kolben aus Spaß etwas tiefer hinein, sodass Jacksons Würgereflex ansprang. Obwohl es nicht meine Art war, genoss ich es, so sehr die Kontrolle zu haben. Bewusst erhöhte ich das Tempo und spürte schnell, dass es jetzt kein Zurück mehr gab. Mein Gegenüber merkte es ebenfalls und wollte sich entziehen, doch ich drückte seinen Kopf noch fester auf meinen großen Schwanz und während er noch würgte, kam ich und schoss ihm den ganzen Schwall tief in den Rachen.

Erst danach ließ ich seinen Kopf los. Jackson schluckte schwer und musste erst einmal wieder zu Atem kommen. Ich öffnete die Tür und schob mich an ihm vorbei. Schnell zog ich mir meine Shorts über und als ich den Badezimmertürgriff schon in der Hand hatte, drehte ich mich kurz um und sagte frech grinsend: „Also, blasen kannst du ja, aber im Vergleich mit Colton verlierst du trotzdem."

Als ich hinter mir die Tür schloss, fühlte ich mich stark und mächtig. Gleichzeitig fragte ich mich, ob ich meine Skrupel gerade für immer verloren hatte. Ich hechtete die Treppenstufen hinauf und blieb verdattert in Coltons Türrahmen stehen, nachdem ich die Tür schwungvoll geöffnet hatte. Auf dem Schreibtisch hatte der süße Engel ein kleines Frühstück aufgebaut, mit Kaffee, Croissants, Butter und Konfitüre. Er selbst saß angezogen an seinem Laptop und studierte Facebook. „Ich dachte, wir essen lieber hier oben. Mit Jackson an einem Tisch zu sitzen, halte ich für keine gute Idee."

Sein stechender Blick glitt an mir hinab, ich tropfte noch leicht, weil ich kein Handtuch mitgenommen hatte. Colton griff eins aus seinem Schrank und kam auf mich zu. Er schlang es um mich herum und mit dieser Umarmung begann er, mich trocken zu rubbeln. Es fühlte sich unglaublich intim und viel intensiver an, als das, was ich vorher mit Jackson gemacht hatte.

Als Colton mir liebevoll über die nassen Haare strubbelte, gab ich freiwillig jegliche Kontrolle wieder auf. Ich ließ es zu, dass er meinen Nacken küsste, dass er das Handtuch fallen ließ und mich direkt an sich zog, genoss seine zärtlichen Hände auf meiner Haut. Ich lehnte meinen Kopf an seine Schulter und so standen wir längere Zeit dort, mitten im Zimmer, lauschten dem Herzschlag des jeweils anderen und versanken im Rausch der Sinne.

Es war Colton, der diesen Moment widerwillig brach, in dem er zur Uhr sah und sagte: „Es ist schon nach sieben. Um acht müssen wir in der Vorlesung sitzen." Ich seufzte und löste mich langsam. Während ich meine Hose anzog, fragte ich: „Kannst du mir ein T-Shirt oder sowas leihen? Sonst wir der Weg zum Wohnheim etwas unangenehm."

Schelmisch grinsend bei der Vorstellung, fischte er aus dem Schrank ein weißes Shirt heraus und warf es mir zu. Ich fing es auf und zog es über, aber selbst für meine

Verhältnisse empfand ich es als zu eng. Ich ziepte und zerrte, aber so ganz wohl fühlte ich mich nicht. Colton schaute belustigt zu, kam dann aber näher. Er zog mich vor den Spiegel und stellte sich dicht hinter mich. Sein Körper berührte meinen und schon stellten sich meine Nackenhaare auf. Er strich über meinen flachen Bauch hoch zu meinen Brustwarzen, die sich sofort aufstellten und durch den dünnen Stoff blitzten.

Coltons eisblaue Augen funkelten erregt: „Du hast keine Ahnung, wie sexy du bist, oder? Deine Aura strahlt pure sexuelle Energie aus. Und du musst nichts dafür tun." War das so? Ich hatte noch nie darüber nachgedacht. Aber mir fehlten doch die tollen Muskeln, das Selbstvertrauen und die hinreißenden blauen oder grünen Augen! Meine würde ich maximal mit Vollmilchschokolade vergleichen, mit kleinen Karamellsplittern darin. Als hätte er meine Gedanken gelesen, sagte er:

„Du musst nicht aussehen wie Liam oder Jackson, um heiß zu sein. Die beiden kompensieren damit ihre Komplexe. Versuchen auszugleichen, was ihnen fehlt. Charakter, Persönlichkeit und Herz, darauf kommt es an.

Und wie wir gestern in der Not sehen durften, hast du davon mehr als genug." Ein Beben lief durch meinen Körper und ich musste an mich halten, um nicht in Tränen auszubrechen. Noch nie hatte jemand so liebe Dinge über mich gesagt.

Ich drehte mich zu ihm um und küsste ihn, schlang meine Arme um seinen Hals und hätte ihn am liebsten nie wieder losgelassen. Doch dann fiel mir der Zeitfaktor wieder ein. Auf keinen Fall wollte ich zu spät zu meiner ersten Vorlesung erscheinen. Mit größter Kraftanstrengung lösten wir uns voneinander. „Was hast du denn heute als Erstes?", fragte ich Colton, als ich die schwere Tasche mit den Büchern hochhob.

Ich hatte mir zwei Croissants als Wegzehrung mitgenommen. „Mediengeschichte. Komplette Fehlentscheidung, das in den Morgen zu legen", antwortete Colton und schwang seinen dunkelbraunen Rucksack auf den Rücken. Wir liefen gemeinsam die Treppe hinunter. Im Wohnzimmer saß Jackson mit ein paar anderen und sah mich böse an. Grinsend ging ich an ihnen vorbei und fürchtete innerlich, er würde sich die Möglichkeit für einen vernichtenden

Spruch nicht entgehen lassen.

Aber er schwieg; anscheinend hatte ich ihn hart genug getroffen. Nun musste er seine Wunden lecken, bevor er zum nächsten Schlag ausholen konnte. Das Spiel war noch nicht vorbei, es hatte gerade erst begonnen.

Das Campusgelände wirkte wie ein überdimensionaler Flughafen, denn überall wuselten Studenten auf ihrem Weg zu passenden Vorlesung herum. Obwohl das Wetter nicht annähernd so schön war wie gestern, schienen die meisten gut gelaunt zu sein. Allerdings erntete ich einige irritierte Blicke, weil ich zum Wohnheim ging, anstatt von dort wegzugehen. Ich beschloss, mich nicht von Liams Stimmung beeinflussen zu lassen, doch als ich oben an unserer Tür ankam, war sie verschlossen.

Er war also gar nicht mehr da. Erleichtert schloss ich die Tür auf und fand tatsächlich ein leeres Zimmer vor. Ich stellte die schwere Tasche auf meinem Bett ab und entnahm den Großteil der Bücher. Heute Vormittag würde ich nur die der makro- und mikroskopischen Anatomie brauchen.

Ich verschwand noch kurz ins Bad und als ich

mir vor dem Spiegel die Hände wusch, betrachtete ich mich noch einmal eingehender. Meine Haare brauchten noch ein wenig Struktur. Ich gab einen haselnussgroßen Klecks Gel in meine Handinnenfläche und formte meine Frisur so, wie Chloé es mir gezeigt hatte. Das Shirt würde ich anlassen, denn ich mochte den Gedanken, dass Colton mich darin sexy fand. Im Zimmer wechselte ich noch die Unterwäsche und Hose. Schwarze Shorts und schwarze Bermuda. Solange sich die Sonne dezent zurückhielt, würde das kein Problem darstellen. Obwohl es mir etwas befremdlich vorkam, wählte ich den schicken, ebenfalls schwarzen Schnürschuh. Die braunen Sandalen passten dazu leider nicht. Ich nahm aus dem Kühlschrank noch eine Flasche Wasser mit und schon war ich wieder unterwegs, sogar noch zeitlich im Rahmen.

Das Gebäude der Medizinschule lag zwar nicht direkt um die Ecke, aber mit einer zügigen Gangart sollte ich noch pünktlich ankommen. Ich schaffte es sogar, Chloé zwischendurch noch eine Message zu schicken, dass ich unterwegs war. Von außen wirkte das große Backsteinhaus recht unscheinbar, aber im Inneren wirkte alles sehr gepflegt und die weiten Flure boten genug Platz. Ein wenig aus der Puste, kam ich an der richtigen Tür an. Als ich sie öffnete, waren die meisten Plätze schon besetzt. Doch hinter mir kamen noch weitere, sodass ich wenigstens nicht der Letzte war. Der Hörsaal für Anatomie und Pathologie war wie ein altes griechisches Amphitheater aufgebaut. Halbkreisförmig zogen sich sieben Reihen mit einer leichten Steigung nach oben. Unten befand sich eine kleine Arena, in dem zum Einen Dr. Clark und zum Anderen ein größerer Metalltisch stand, auf dem ein länglicher, mit einem weißen Laken zugedeckter Körper lag. An der hinteren weißen Wand hing ein riesiges Smartboard.

Ich entdeckte Chloé in der ersten Reihe, was mir insofern missfiel, weil diese Reihe bekanntlich für die Streber reserviert war. Andererseits würde ich so wahrscheinlich am besten sehen und hören können, was sinnvoll sein konnte. Außerdem würde ich so auch auf Augenhöhe mit Dr. Clark sein, was mir durchaus gefiel und so lief ich die wenigen Stufen hinunter. Ich spürte die Blicke der anderen und war dankbar, keine Gedanken lesen zu können.

Chloé bedachte mich mit einem flüchtigen Kuss auf die Wange. „Du solltest dringend an deinem Timing arbeiten", flüsterte sie mir kichernd zu. Ich beugte mich zu ihrem Ohr vor und flüsterte zurück: „Ich sollte mir einfach angewöhnen, in meinem eigenen Bett zu schlafen." Sie zog erstaunt die Augenbrauen hoch: „Wo hast du denn geschlafen?" Ich packte nebenbei meine Bücher aus, legte das Handy auf den Tisch und holte Block und Stift heraus. „Bei Colton", sagte ich und vergaß zu flüstern. Ein Paar azurblauer Augen drehte sich zu mir um und grinste. Mein Gesicht färbte sich krebsrot, sodass ich den Blick nicht lange standhielt. Dr. Clark trug einen weißen Arztkittel, der sein raspelkurzes Haar noch schwarzer wirken ließ. Seine vollen Lippen wurden regelmäßig von seiner Zunge feucht gehalten. In seiner rechten Hand hielt er einen kleinen Gegenstand, den ich nicht identifizieren konnte.

Ich schaltete auf die Diktierfunktion meines Smartphones, als ich merkte, dass die Vorlesung beginnen würde. „Guten Morgen, liebe Studierende. Eine Sache gleich vorweg: Seien Sie sich bewusst, dass maximal 50% von Ihnen diesen Kurs beim ersten Mal bestehen wird. Es wird Ihnen nicht helfen, nur Ihr Bestes zu geben. Gehen Sie über ihre Grenzen hinaus. Zeigen Sie mir, dass Sie hier wirklich etwas lernen wollen."

Er drehte sich weg und tippte ans Smartboard. Sofort aktivierte sich die Kamerafunktion und der Boden des Hörsaals erschien riesengroß auf der weißen Wand. Dr. Clark drehte sich wieder zu uns und hielt die kleine Kamera direkt auf uns, dann drehte er sich im Halbkreis: „Dies ist die erste Reihe", sagte er mit Pathos in der Stimme.

„Gratulation. Sie haben den ersten Schritt in die richtige Richtung gemacht. Es ist Ihnen egal, ob die anderen sie als Streber abstempeln und sie auf dem Campus meiden. Sie wollen wissen, wie der menschliche Organismus aufgebaut ist." Er baute sich neben dem Metalltisch auf und riss mit einem Ruck theatralisch das Tuch herunter. Mir schien, als würden alle Kommilitonen gleichzeitig scharf die Luft einsaugen und dann den Atem anhalten.

Ein paar mussten sogar wegschauen. Ich starrte fasziniert nach vorne. „Dies, meine

Herrschaften, ist eine Plastination eines männlichen Erwachsenen ohne Haut." Dr. Clark hielt die Kamera darauf und schon wurde das rote Muskelfleisch samt Sehnen und Adern mehrfach vergrößert auf der Wand sichtbar. „Während Sie in den Übungsgruppen hauptsächlich an gespendeten Leichnamen arbeiten werden, benutze ich hier speziell präparierte Schauobjekte."

Er ließ die Kamera den linken Arm hoch wandern: „Jeder von Ihnen wird schon die Begriffe 'Bizeps' und 'Trizeps' gehört haben, spätestens wenn Sie sich fit halten und das sollten Sie. Der Beruf des Arztes ist ein anstrengender und kräftezehrender Job." Er hielt bei einer bestimmten Region weiter unten an: „Wer kann mir sagen, wie der sogenannte 'Kapselspanner' auf Latein heißt?"

Chloé und ich rissen gleichzeitig den Arm hoch, eine Handvoll anderer folgte unserem Beispiel. Dr. Clarks Zeigefinger zeigte auf mich. Mein Puls stieg ein wenig, obwohl ich mir mit der Antwort ziemlich sicher war: „Musculus anconeus." Er lächelte erfreut: „Das ist korrekt. Ist das ein Flexor oder Extensor?" Wieder schnellten unsere Finger hoch, diesmal nahm er Chloé dran: „Ein Extensor, Dr. Clark." Er lächelte wieder: „Richtig. Ich sehe, dass ich Recht hatte. Die erste Reihe hat sich gut vorbereitet."

Und auf diese Art und Weise gingen die ersten zwei Stunden um wie im Flug. Wir kamen noch häufiger dran und ich hatte ein wenig das Gefühl, dass wir seine neuen Lieblinge waren. Mit viel Selbstvertrauen gingen wir in die Pause. Wie ließen unsere Taschen und Bücher im Hörsaal, denn die Vorlesung zur mikroskopischen Anatomie würde in fünfzehn Minuten ebenfalls dort statt-finden.

Ich nahm meine Wasserflasche mit nach draußen. Chloé entdeckte eine schöne Palme, an dessen Stamm wir es uns gemütlich machten. In ihren Augen brannte die Neugier auf mehr Details meiner Nacht. Obwohl ich sie erst seit zwei Tagen kannte, spürte ich eine Vertrautheit zwischen uns, die ich als selten einstufte. Ich betrachtete sie einen Moment, während ich mich entschied, wie viel ich ihr erzählen konnte.

Ihre Lockenpracht hatte sie locker hochgesteckt und dazu ein cremefarbenes knielanges Strickkleid gewählt, dass sie mit

schwarzen Peeptoes und schwarzer Pilotenbrille kombiniert hatte. Ohne den knallroten Lippenstift, der ihr Markenzeichen zu sein schien, hätte sie eine junge Audrey Hepburn sein können. „Sie ist eine Montgomery", mischte sich Liam in meine Gedanken.
Konnte ich ihr von der Nummer mit Jackson erzählen? Oder wusste sie das vielleicht längst und wartete darauf, dass ich mich verplapperte. Mir war noch nicht ganz klar, wie nah sie ihrem Bruder tatsächlich stand. Ich wählte daher einen unverfänglichen Anfang: „Wie lief es denn gestern mit dir und Porter weiter?" Sie lächelte in sich hinein: „Nicht so weit wie bei dir. Ich hätte nicht gedacht, dass du ein Typ bist, der nichts anbrennen lässt."
Sie grinste breit und hob ihre Ray-ban kurz hoch. Es sollte scherzhaft klingen, doch konnte ich nicht darüber lachen. Ich hatte mich in den letzten zwei Tagen bereits so sehr verändert, dass ich mich fragte, wie viel von mir am Ende übrig bleiben würde. „Ja, ich weiß, nach außen wirkt das bestimmt verfrüht, direkt mit Colton ins Bett zu gehen. Aber das ist schon okay, denn uns verbindet etwas. Er

gibt mir das Gefühl, etwas Besonderes zu sein. Ich kann mich bei ihm fallen lassen und ich weiß, dass er mich auffängt."

Sie nahm die Brille nun ganz ab, was auch sinnvoll war, in Anbetracht der Tatsache, dass gar keine Sonne schien. „So fühlt sich das mit Porter auch an. Seine Persönlichkeit ist so stark, dass ich endlich mal weich sein kann."

Ich begriff allmählich, dass ihr Leben nicht immer einfach war. Sie repräsentierte ihre Familie und das Image, dass damit einher kam. Darin lag auch eine gewisse Verantwortung, um die sie nie gebeten hatte. „Und was ist nun mit Jackson und Liam?"

Das war eine gute Frage. Ich beschloss, die Duschszene für mich zu behalten. Jackson würde nicht weitererzählen, wie ich ihn gedemütigt hatte. Und ich wusste immer noch nicht, wie sie zu ihm stand. Sie hatte mal gesagt, dass sie sich manchmal wünschte, jemand würde ihn mal in seine Schranken weisen. Ich wollte sie aber nur ungern mit in dieses Machtspiel hineinziehen.

„Nimm es mir nicht übel, aber dein Bruder ist erst einmal Nebensache. Aber was Liam angeht, habe ich keinen Plan. Du warst ja gestern

Abend nicht mit dabei. Er hat sich sehr merkwürdig verhalten, als er mich und Colton zusammen gesehen hat. Hast du etwas von Jade gehört?"

Sie strich mir liebevoll über die Schulter: „Sie kam gestern Nacht noch zurück und müsste jetzt schon wieder in irgendeinem Seminar sitzen. Zum Glück ist sie Rechtshänderin. Ich weiß nicht, ob ich in dem Moment so reagiert hätte wie du." Verlegen zuppelte ich an meinem T-Shirt. Dann fielen mir Liams Nachrichten wieder ein:

„Was meinen Mitbewohner angeht, muss ich dir eine Message zeigen, die er mir gestern geschickt hat. Er wollte über etwas mit mir reden, aber ich bin ja nicht nach Hause gekommen und heute morgen war er schon weg." Ich zeigte ihr den Inhalt. Als Chloé an der Stelle ankam, an der stand 'Es ist etwas passiert.', stutzte sie. Mit gerunzelter Stirn sah sie mich an: „Was könnte er damit gemeint haben?" Ich erzählte ihr nicht von meiner Theorie und zeigte ihr stattdessen die letzte Mitteilung, in der er sagte, dass das Gespräch nun unnötig geworden sei. In Chloés Augen blitzten tausend Fragen auf:

„Korrigiere mich, falls ich falsch liege, aber für mich klingt das sehr nach Eifersucht." Ich packte das Handy wieder weg, trank einen Schluck Wasser und reichte ihr dann die Flasche, die sie dankbar annahm. „Aber warum ist er eifersüchtig? Neulich bei einer Unterhaltung kam heraus, dass er immer noch Jackson hinterher trauert. Das erklärte auch wunderbar, warum er mich von deinem Bruder fernhalten wollte. Aber Colton kennt er nicht einmal!"

Chloé sah mich tadelnd an: „Sicher, dass du das nicht missverstehst? Könnte es nicht auch sein, dass Liam dich für sich haben will und dich deswegen von anderen Männern fernhalten will?" Ich streckte die Beine aus, überkreuzte sie und legte die Arme übereinander: „Aber das ergibt doch gar keinen Sinn! Er hat mir doch ganz deutlich gesagt, dass ich mich ja nicht in ihn verlieben soll. Okay, tovéna!" So sei es.

Meine Kommilitonin blickte auf die Uhr und erhob sich stilvoll: „Wir müssen zurück. Mikro fängt gleich an." Sie reichte mir eine Hand und ich ergriff sie. Auf dem Rückweg sprachen wir weiter. „Liam mag das gesagt haben, aber hat er es auch so gemeint? Vielleicht wollte er sich damit selbst schützen", sagte sie, während sie neben mir her stolzierte. „Aber ich kann doch jetzt nicht einfach wieder umschwenken. Dafür fühlt sich das mit Colton einfach zu gut an."

Ich hielt ihr und drei weiteren Studierenden die Tür auf. Im Flur sagte sie leise: „Dann nutze die Mittagspause, um mit Liam zu reden. Schaffe das Ganze aus der Welt. Wir haben in unserem Studium keine Zeit für so komplizierte Verstrickungen." Während wir die flachen Stufen zur ersten Reihe zurückgingen, überlegte ich, wie ich das sinnvoll angehen konnte. Die Dozentin für Mikro-Anatomie stand schon bereit, aber bevor ich die Diktierfunktion wieder anschaltete, tippte ich eine Nachricht und schickte sie an Liam: „Wir sollten reden. Um halb eins bei uns im Zimmer?"

Ich bekam eine direkte Antwort: „Okay." Nun musste ich nur noch diese Vorlesung hinter mich bringen und schon in den ersten fünf Minuten wurde klar, dass es nicht annähernd so viel Spaß wie Makro machen würde. Nach zwei Stunden Diavortrag mit entsprechender

Kommentierung fühlte ich mich dermaßen zermürbt, dass ich an der frischen Luft neue Kraft tanken musste. Die Wolkendecke bekam die ersten Risse, vielleicht konnte es doch noch schön werden heute.

„Diese Vorlesung kann man sich eigentlich sparen", meinte Chloé, die neben mir her lief. Sie trug wieder ihre Sonnenbrille, wahrscheinlich um die Augenringe zu verbergen, die sich im Laufe der nicht enden wollenden Folienabfolge gebildet hatten. Zum Glück gab es dazu ein Seminar, in dem wir selbst am Mikroskop arbeiten konnten. Das empfand ich als wesentlich effektiver.

Das Wohnheim kam näher und ich wurde langsam nervös. Das Gespräch mit Liam konnte sehr schwierig werden. „Ob Jade wohl da ist?", fragte ich vorsichtig. „Ich würde gerne mal nach ihr sehen." Chloé bremste mit ihren spitzen Absätzen: „Wieso das denn? Du magst sie nicht einmal! Du hast sie selbst als grässlich beschrieben." Ich war mir meiner Wortwahl noch sehr bewusst und kicherte, doch dann besann ich mich auf die Ereignisse danach: „Das war vor dem Mittagessen, bei dem sie einfach nur nett war, bevor sie Colton vor einem Angriff Liams bewahrt hatte und bevor ich ihren Knochen zurück in den Arm geschoben habe."

Ich hielt Chloé die Tür auf: „Ihren Klamottenstil kann ich noch weniger gutheißen als meinen Eigenen, aber ansonsten scheint sie ein lieber Mensch zu sein." Sie schob die Brille lachend ins Haar und trat in den Flur, wobei ihre Schuhe bei jedem Schritt klackerten: „Ich werde anfangen, ihr Tipps zu geben, wenn es dir damit besser geht." Nun lag es mir zu lachen. Als wir an ihrem Zimmer ankamen, hörten wir leise Musik. Ich tippte auf die Band 'One direction'. Mit dem Öffnen der Tür entdeckten wir Jade am Schreibtisch, über einen Haufen Bücher gebeugt. Als sie uns wahrnahm, sprang sie erfreut auf und stürmte auf mich zu.

Als ich sah, was sie trug, revidierte ich meine vorherigen Äußerungen. Ihre blonden Haare waren geglättet und offen, das Make up dezent aufgetragen und der pflaumenfarbene Jumpsuit wirkte elegant mit der Raffung am Bauch, die in zwei hauchdünnen Kordeln endete. Der Ausschnitt war zwar ausladend, aber mit ihrem Dekolleté wirkte es sehr sexy. Sie trug dazu silberne Riemchen-Sandalen mit hohem Absatz.

Sie umarmte mich herzlich und flüsterte mir zu: „Entschuldige bitte mein Outfit. Das war das einzige Kleidungsstück in meinem Schrank, dass den Gips verdeckt. Und zum Haare hochstecken brauche ich beide Arme." Ich nahm die Umarmung dankbar an, amüsiert darüber, dass sie sich dafür entschuldigte, endlich einmal angemessen angezogen zu sein.

„Wie geht es deinem Arm?" Sie löste sich von mir und bot mir den Platz gegenüber an. „Dank guter Tabletten bin ich schmerzfrei. Nachts muss ich aufpassen, dass ich den Arm nicht unabsichtlich im Schlaf belaste." Sie lächelte und nun, ohne meine eifersüchtige Hasskappe fiel mir erst auf, wie schön sie war. Sie konnte mit jedem Supermodel mithalten, doch ich hatte sie unter Schmerzen weinen und schreien sehen, das machte sie für mich menschlich.

„Die nächsten sechs bis acht Wochen wirst du damit leben müssen, aber glaube mir, es wird jeden Tag besser werden." Sie ergriff mit ihrer rechten Hand die meine und ich ließ es zu: „Danke für deinen selbstlosen Einsatz. Das vergesse ich dir nicht. Und Liam auch nicht. Aber redet endlich miteinander! Ich habe ihm heute morgen schon den Kopf gewaschen. Seine Messages waren völlig unangebracht und es war gut, dass du ihm heute geschrieben hast! Ich habe übrigens das 'Okay' geschrieben. Liam wollte sich nämlich davor drücken."

Ich hob die Augenbrauen. Das war ja interessant. Jade stand zwar hinter ihrem besten Freund, konnte seine Aktionen aber keineswegs gutheißen. Ich zog langsam meine Hand zurück und kreuzte die Arme: „Lass mich raten: Er ist stinksauer, weil er mit mir reden wollte und ich nicht aufgetaucht bin." Sie nickte mitfühlend. Wut stieg in mir auf: „Aber das geht doch nicht! Er ist nicht in der Position, so zu reagieren. Wir sind Mitbewohner und als solchem geht es ihn nichts an, wo und mit wem ich die Nacht verbringe." Ich suchte hilfesuchend den Blickkontakt zu Chloé, die still auf ihrem Bett saß und zuhörte.

Doch sie hob nur beschwichtigend die Hände. Jade war es, die es auf den Punkt brachte: „Du würdest dich nicht so darüber aufregen, wenn es dir egal wäre, was er denkt. Und Liam würde sich nicht so darüber ärgern, wenn du nur sein Mitbewohner wärst." Ich senkte den Kopf. Mein Blick fiel dabei auf Coltons Shirt und damit auf die tollen Momente mit ihm.

Mit Liam verband ich keine guten Erinnerungen. Stattdessen verkrampfte sich alles in mir, ohne angeben zu können, warum das so war. Jade stand von ihrem Stuhl auf und seufzte: „Wow, ihr seid euch viel ähnlicher als ihr glaubt! Ihr sträubt euch mit Händen und Füßen dagegen, glücklich zu sein. Jetzt gehe da hoch und kläre das!" Sie zeigte tatsächlich mit dem ausgestreckten Arm auf die Tür.

Zähne knirschend stand ich auf und ging widerwillig an ihr vorbei. „Wir sehen uns spätestens um zwei zum Makro-Seminar", sagte ich noch schnell zu Chloé, bevor ich die Stufen zum dritten Stock hochtapete. Ich hinterfragte alle Situationen, die ich mit ihm gehabt hatte. Seine abweisende Haltung als ich ankam, unsere musikalische Inkompatibilität, der peinliche Moment im Bad, das Gespräch über Jackson, das Mittagessen und das Fußballturnier.

Er kannte mein Facebook-Profil besser als ich, versuchte von Anfang an, mich vor Fehlern zu beschützen und hatte sogar für mich seine Zweifel gegen Chloé abgelegt. Vielleicht tat ich ihm Unrecht. In meiner Panik, mich nicht in ihn zu verlieben, hatte ich mich innerlich so sehr von ihm distanziert, dass ich den Freundschaftsstatus mit Freuden annahm. Er zog neue Mauern hoch und ich blieb brav davor stehen.

    In meinem Kopf wechselten sich Chloé und Jade ab, während ich den Flur entlang ging. „Er will dich für sich selbst haben." Chloé. „Er würde sich nicht so ärgern, wenn er nur dein Mitbewohner wäre." Jade. Als ich vor unserer Tür stand, war ich mit den Nerven fertig. Auch hier drang Musik aus dem Zimmer. Ich kannte den Interpreten nicht, aber mir kam die Nummer bekannt vor. Das Wort 'Supernova' drang an mein Ohr und nicht nur das. Liam schien mitzusingen und es klang gar nicht mal schlecht.

Ich nutzte den Moment und öffnete die Tür. Es gab noch nicht genug unangenehme Situationen, da konnte ich super noch einen hinzufügen. Liam verstummte und lief im Gesicht rot an. Er setzte die große Langhantel ab und drehte die Musik leiser. Ich schloss die Tür hinter mir und stellte meine Tasche am Schreibtisch ab. Die Wasserflasche kramte ich dort heraus, setzte mich auf mein Bett und stützte die Arme nach hinten ab. Liam stand etwas hilflos im Raum. Sein Trainingsoutfit erschien mir für so ein Gespräch mehr als unangebracht. Er trug nämlich nur eine königsblaue Strandhose mit zwei gelben Streifen an den Seiten, die geschlitzt im Rundbogen nach vorne und hinten liefen. Ich hatte solche schon einmal in einem Sommerkatalog gesehen; das Model trug sie locker um die Hüfte und es sah bequem und sexy aus.

Bei Liams Ausmaßen saß sie hauteng und wirkte fast schon obszön. Ich musste mir nichts vorstellen, alles zeichnete sich überdeutlich ab. Durch das Training glänzte seine Haut vom Schweiß und als die Sonne endlich durch die Wolkendecke brach, glitzerte er im goldenen Licht. So konnte ich kein Gespräch mit ihm führen.

Ich befand mich schon über fünf Minuten im Raum und keiner von uns hatte bisher ein Wort gesprochen. Jade sagte, wir wären uns ähnlich. Wenn dem so war, musste ich aufhören, mich klein zu machen und ihn auf seiner Ebene begegnen. Liams Augen waren nicht giftig- sondern schön smaragdgrün, was zumindest dafür sprach, dass er ruhig war. Er schaute mich an, aber sein Blick wirkte schüchtern, fast ein wenig hilflos. Wie konnte es sein, dass ein so hübscher Kerl unfähig war, sein Selbstvertrauen auszupacken und zu nutzen?

Na gut. Ich hatte ihn herbestellt, also musste ich den ersten Schritt tun. Mit leichtem Schwung stand ich wieder vom Bett auf und zog Schuhe und Socken aus. Liam blieb wie eine Säule stehen. Ich sah ihm stumm in die Augen und zog das Shirt aus. Es landete achtlos auf dem Boden. Noch verstand Liam nicht, was ich hier bezweckte. Dann zog ich noch die Bermuda aus, die auf dem Shirt landete.

Nun trug ich nicht mehr als er. Liams Blick änderte sich etwas, als er mich in den schwarzen Boxershorts stehen sah. Ich ging zu ihm hinüber und ich hörte, wie er scharf die Luft einsog. Dort griff ich mir seine Kurzhanteln, die zwar schwer waren, aber ich hob sie dennoch hoch und begann zu trainieren. Endlich verstand Liam, was ich hier tat. Mit einem Lächeln griff er zu seiner Langhantel. Die erste Mauer hatte ich erklommen, in dem ich signalisierte, dass ich unsere Gleichwertigkeit anerkannte. Nun hatten wir eine gemeinsame Basis, auf der wir uns unterhalten konnten. „Du weißt hoffentlich, dass deine Nachrichten unangemessen waren", brachte ich unter Keuchen heraus. Erstaunlicherweise machte es mir Spaß und ich spürte sofort, dass mein Körper positiv auf das Training ansprang. Liam ließ seine Hantel oben stehen: „Ich weiß, Jade hat mir schon den Kopf gewaschen." Ich grinste, während ich meine ebenfalls nach oben führte: „Ich weiß, das hat sie mir gerade erzählt." Überrascht ließ er die Langhantel wieder sinken: „Du warst bei Jade?"

Meine Muskeln brannten und ich stellte die schweren Dinger auf dem Boden ab. „Ich musste doch einen Krankenbesuch machen und sehen, wie es meiner Patientin geht." Nun setzte auch er seine Hantel ab: „Das ist sehr lieb von dir. Dafür, dass du sie gestern noch verteufelt hast." Ich stemmte die Hände in die Hüften: „Da habe ich auch noch gedacht, sie wäre meine größte Konkurrentin."

Mist. Das hatte ich gar nicht sagen wollen. Liam zog belustigt die Augenbrauen hoch: „Ist das so?" Ich wischte mir den Schweiß von der Stirn und meine Wut kehrte zurück. Der Boxsack musste ein paar derbe Hiebe von mir einstecken. „Nun ja, so dachte ich jedenfalls, bevor du mir klipp und klar gesagt hast, dass ich mich nicht in dich verlieben solle."

Liam stellte sich neben mich und malträtierte nun seinerseits den Boxsack: „Also hast du das als Aufforderung gesehen, dich sofort dem Nächstbesten an den Hals zu werfen. Ich gab dem Sack einen Schubs zur Seite, sodass Liams Schlag ins Leere lief. „Ich habe mich Colton nicht an den Hals geworfen. Wir hatten uns kurz vor dem Turnier beim Grillen kennengelernt und weil er auch schon schlechte Erfahrungen mit Jackson gemacht hatte, waren wir uns sofort sympathisch. Der Rest hat sich dann einfach ergeben."

Liams Schläge wurden heftiger. Ich beschloss, den Boxsack festzuhalten, bevor dieser quer durch den Raum flog. „Er ist echt süß und gibt mir das Gefühl, etwas Besonderes zu sein." Ich fühlte seine Schläge und war froh, dass ein Puffer dazwischen hing. „Also seid ihr jetzt zusammen?" Ich dachte darüber nach, aber im Moment konnte ich die Frage weder mit Ja noch mit Nein beantworten.

„Bisher ist das kein Thema gewesen. Das ist noch offen." Liams Schlagkraft steigerte sich noch: „Also wäre das tatsächlich eine Option, ja?" Ich konnte das große schwarze Ding kaum noch halten. „Nun ja, es sei denn, es gäbe einen guten Grund, der dagegen spricht. Fällt dir einer ein?" Liam schwieg. Ich nahm den Boxsack und hielt ihn so hoch, dass er nicht darauf einschlagen konnte.

Dieser war noch schwerer als die beiden Hanteln zusammen und ich würde ihn nicht lange dort halten können. Schockiert stellte ich fest, dass ich dringend hoffte, Liam würde etwas sagen. Würde sagen, was ich hören wollte. Was ich hören musste. Mein Herz schlug mir plötzlich bis zum Hals und selbst mein Verstand schrie: „Sag was! Bitte, sag es!" Erneut bildete sich Schweiß auf meiner Stirn. Meine Muskeln würden die Last nicht mehr lange aushalten. Ich spürte das Gewicht sogar in den Knien. Es wäre so einfach, mich hier zu erlösen und ich wusste, dass es ihm auf der Zunge lag.

Ich konnte sein Gesicht nicht sehen, vielleicht hätte ihm das geholfen. Aber es blieb still. Kraftlos ließ ich den Sack fallen. Wie eine lebende Barriere schwang das Monstrum zwischen uns hin und her. Als ich Liam ansah, wich er meinem Blick aus. Seine Schultern waren nach vorne gebeugt, die Arme hingen schlaff hinunter, seine Beine waren eingeknickt.

Er wirkte nicht mehr stark; er hatte gegen sich selbst als Endgegner gekämpft und verloren. Es waren zwischen uns keine Worte mehr nötig. Ich ging ins Bad und duschte, insgeheim mit einer kleinen Resthoffnung, er würde dazu kommen. Doch als ich mit einem um die Hüfte gebundenen Handtuch wieder ins Zimmer kam, war Liam nicht mehr da.

Auf meinem Bett lag ein kaum beschriebenes Blatt Papier. Ich griff danach und zum ersten Mal sah ich Liams Handschrift. Sie war gut lesbar, klar und ohne besonderer Schnörkel. Beim kleinen 't' befand sich oben eine Schlaufe und das große 'E' empfand ich als besonders kantig. Inhaltlich las ich: „Es tut mir Leid, dass ich dir nicht geben kann, was du brauchst. Bleibe bei Colton. Es ist besser so."

Erneut hatte er eine Entscheidung getroffen,

ohne mich dabei als Faktor mit einzubeziehen. Rasend vor Wut zerknüllte ich den Zettel und warf den Papierball auf sein Bett. Ich riss mir das Handtuch von Leib und feuerte es in eine Ecke. Im Schrank fand ich eine dunkelgrüne Retropants, wählte eine helle enge Jeans und ein grellrotes Hemd, dass ich sonst nie trug, weil mir die Farbei zu auffällig war.

Im Bad frisierte ich mein Haar frecher und stacheliger als sonst. Irgendwie musste ich meine Aggressivität loswerden. Die Sandalen gaben mir ein Stück Freiheit zurück und in Windeseile stürmte ich nach draußen. Eine frische Brise hatte sich zum wechselhaften Wetter gesellt und ich genoss die Windböen, die mein Hemd zum Flattern brachte.

Ohne nachzudenken übergab ich das motorische Kommando an meine Füße und ich wunderte mich nicht wirklich, dass ich bereits nach kurzer Zeit vor dem Verbindungshaus 'Omega Xi Delta' landete. Ich schickte eine Whatsapp-Nachricht an Colton, ob er zu Hause war, die er mit „Ja" beantwortete. Er stand schon an der Tür, als ich auf die Einfahrt bog.

„Hey, was ist denn los?", fragte er sofort,

als er meine negative Stimmung wahrnahm. Ich rannte förmlich in seine Arme. Seine Umarmung tat mir unglaublich gut, denn ich spürte sein Mitgefühl und seine ruhige Gemütslage stimmte mich milder. „Ich hatte gerade mal wieder eine Auseinandersetzung mit Liam. Der Typ ist einfach unmöglich! Er hat meine Aufmerksamkeit gar nicht verdient."

Colton kommentierte diese Aussage nicht, sondern zog mich in den Flur hinein und schloss die Tür. Drinnen begann er, mich zu küssen und mit jeder weiteren Berührung seiner Lippen vergaß ich Liams Feigheit und begann wieder, mich völlig auf Colton zu konzentrieren.

Ich ergriff seine Hand und zog ihn die Treppe hinauf. Er brauchte keine weitere Aufforderung und folgte mir nur allzu bereitwillig. Es war gut, wieder die Kontrolle zu haben und das Gefühl der Machtlosigkeit abzustreifen. Seine Zimmertür war nicht verschlossen, sodass ich direkt hindurch schlüpfen konnte. Ich ging allerdings nicht viel weiter, sonder drückte Colton direkt gegen die Tür, die dadurch mit einem Knall zufiel.

Er schien überrascht zu sein, doch ich sah an

der großen Ausbuchtung seiner Hose, dass ihm mein dominantes Verhalten durchaus gefiel. Ich drückte meinen Körper an seinen und verursachte damit ein gemeinsames Stöhnen. Gezielt griff ich nach seinen Handgelenken, schob damit seine Arme nach oben und zog ihm mit einer flüssigen Bewegung das Shirt aus. Mit einer Hand hielt ich seine Arme weiter oben fest, während ich mit der anderen über seinen festen Oberkörper strich. Meine Finger wanderten tiefer und diesmal wussten sie, wie der Gürtel aufging.

Als ich seine Arme losließ, behielt er sie brav oben und so konnte ich in einem Rutsch die Hose samt Shorts hinunterziehen. Er stöhnte laut auf, als ich seinen überharten Schwanz in die Hand nahm. Ich packte fest zu und wählte einen langsamen Rhythmus. Colton schloss genüsslich die Augen; ich nutzte die Gelegenheit und ging auf die Knie.

Vorne an seiner Eichel lief die Geilheit bereits hinunter. Mit meiner Zunge leckte ich diesen Vorsaft auf und erntete erneut lautes Stöhnen. Ich wollte alles von ihm. Meine Lippen stülpten sich sehr bereitwillig über seinen dicken Lustkolben. So tief wie möglich nahm ich ihn in mir auf und saugte mit höchster Wonne, bis ich seine Hände an meinem Kopf spürte. Das Zeichen für eine Unterbrechung, doch ich ergriff erneut seine Handgelenke und drückte sie an die Tür.

Er konnte nirgends hin und nun erhöhte ich den Rhythmus. Colton keuchte schwer und sein Stöhnen wurde immer lauter, bis er kurzweilig innehielt und sich dann mit einem lauten Schrei in meinem Mund ergoss. Der erste Strahl traf direkt mein Zäpfchen hinten und ein spontaner Würgereflex hätte mich fast von ihm losgelöst, aber ich holte alles aus ihm heraus. Es schmeckte leicht salzig, aber ansonsten war es geschmacksneutral.

Mir fiel ein, dass es nicht ungefährlich war, diese Ladung zu schlucken, aber in dem Moment wollte ich alles von ihm. Als ich wieder aufstand und ihm den Hals küsste, raunte er mir lüstern zu: „Du Schlingel. Hast dir einfach genommen, was du wolltest. Was heißt denn 'geile Sau' auf Guaraní?" Ich kicherte, während Colton mir das Hemd aufknöpfte: „Kure haku." Er streifte mir den roten Stoff von den Schultern und küsste genau diese. Seine Hände erkundeten meine Oberarme, die ich vorhin so mühselig mit Liam trainiert hatte. Der konnte sich seinen Zettel sonst wohin stecken.

Als Colton mir plötzlich in den Schritt griff, stöhnte ich laut auf. Ohne hingucken zu müssen, wusste ich, dass sein bestes Stück längst wieder steif war. Ich fragte mich, wie weit ich diese Dominanz treiben konnte. Schließlich war ich schrecklich unerfahren und kannte das meiste nur aus Pornos und Büchern. Meine Hose und Shorts lagen unten, bevor ich begriff, dass Colton meinen Reißverschluss geöffnet hatte.

Mir war klar, dass er sich revanchieren wollte, aber ich hatte anderes im Sinn. Mein Blick ging zu seinem Schreibtisch. Dort, wo heute morgen noch das Frühstück aufgebaut gewesen war, lag nun nichts mehr. Ich packte Colton, drehte ihn mit dem Bauch dorthin und bog seinen Rücken nach unten, sodass sein Oberkörper auf dem Schreibtisch lag. Mit den Füßen drückte ich seine Beine weiter auseinander und so lag sein runter Knackpo frei zu meiner Verfügung.

Zuerst strich ich mit dem Zeigefinger von der Mitte des Rückens hinab zur Spalte und ein wohliger Schauer lief durch seinen Körper. Ich senkte mich wieder hinab, sodass sich mein Gesicht auf Arschhöhe befand. Mit beiden Händen drückte ich die Backen auseinander und ließ meine Zunge über seine Rosette gleiten. Colton stöhnte heftig auf, daher zögerte ich nicht, meine Zunge zu spitzen und direkt in ihn hineinzustoßen. Er verlor sich in einem Singsang lustvoller Laute.

Ich ließ mit der rechten Hand los und benutzte den Zeigefinger, um seine empfindlichste Stelle zu stimulieren. Sein weiches Loch wurde immer feuchter und dank meines Speichels wurde es zusätzlich noch leichter, in ihn einzudringen. Ich nahm noch den Mittelfinger hinzu und war erstaunt, wie einfach sie hineinsausten und welche Lust es Colton bereitete, wenn ich das tat.

Er keuchte und stöhnte, zwischendurch vernahm ich ein „Ja, so!" oder ein „Tiefer!" und versuchte damit, meine Technik zu verbessern. Einmal griff ich zusätzlich nach seinen Eiern und dachte schon, er würde direkt kommen, so laut war das Geräusch, dass er daraufhin machte. Er fing sich aber wieder, stattdessen hauchte er voller Geilheit die Worte: „Fick mich. Ich will dich in mir spüren."

Das brachte mich ein wenig aus der Bahn, denn in meinen Träumen war ich es immer gewesen, der gefickt wurde. Zufälligerweise entdeckte ich auf seinem Schreibtisch eine kleine Tube Gleitcreme. Dort hätte ich sie zwar nicht zuerst gesucht, aber grinsend musste ich mir eingestehen, dass sie in der heutigen Zeit ganz gut neben dem Laptop aufgehoben war. Ich gab einen Klecks auf meine Finger, wobei ich annahm, dass die gleiche Menge wie bei meinem Haargel ausreichen müsste. Ich umkreiste damit die Rosette und schob sie dann tief hinein, was mir ein weiteres Stöhnen einbrachte.

Dann nahm ich noch einen Klecks und verteilte es großzügig auf meiner dicken Latte. Hoffentlich hatte Colton in seinem Sexwahn nicht vergessen, dass mein Kaliber um einiges größer war als seines. Andererseits hatte ich auf so mancher Schmuddelseite Schwänze gesehen, die selbst meinen noch um Längen überragten und die sich trotzdem hervorragend versenken ließen.

Ich drängte meine Zweifel beiseite und begann erst einmal damit, mit meiner Eichel über das Loch zu streicheln. Colton streckte mir in freudiger Erwartung seinen Hintern entgegen und bevor ich wusste, was geschah, verschwand der erste Teil in ihn hinein. Meine Spitze war so herrlich eng umschlossen, dass ich nun zu stöhnen begann.

Ich beschloss, dass ich mehr davon haben wollte, daher drückte ich vorsichtig und langsam nach. Colton krallte seine Hände in die Tischkante; eine Art animalisches Grunzen drang aus seiner Kehle. Mit jedem weiteren Zentimeter spürte ich den engen Druck mehr. Es fühlte sich an, als wenn ein gummiartiger Schraubstock sich um die Länge meines Lustspenders spannte. Ich aktivierte einen leichten Rhythmus in der Hüfte, obwohl ich mich erst zur Hälfte versenkt hatte.

Colton war längst Opfer seiner Lust. Selbst wenn er eine Unterbrechung gewollt hätte, sein Gehirn wäre zur Zeit nicht in der Lage gewesen, so etwas zu artikulieren. Es wollte nur Sex. Genau wie ich. Ich beugte mich ein wenig nach vorne, griff seine Arme und während ich sie nach hinten bog, stieß ich meinen harten Schwanz ganz in ihn hinein. Colton schrie auf, doch das Gefühl, dass sich jetzt bei mir breit machte, ließ mich jeden Schmerz ignorieren.

Ganz intuitiv bewegte sich mein Becken vor und zurück und mit jedem Ruck wieder hinein, kam ich der puren Ekstase näher. Ich steigerte mich in einen Rausch, der mich alles um mich herum vergessen ließ. Liam, Colton, Jackson – sie alle verloren sich im Taumel der Unwichtigkeit. Jetzt zählte nur noch eins – Sex. Wie hatte ich es nur all die Jahre ohne ausgehalten?

Ich stieß unerbittlich zu und steigerte mein Tempo. Ein Schweißfilm legte sich um meinen Körper, den mein Geist nicht wahrnahm. Ich ließ Coltons Hände los und stützte mich nun direkt an seinem Gesäß ab. Sofort schlossen sich die Finger um seinen Ständer und begannen zu wichsen. Ich war wie im Rausch, mein Herz pumpte doppelt so schnell und das Blut raste mit Höchstgeschwindigkeit durch meine Adern, um meinem Kolben die nötige Kraft zu schenken, um immer härter zustoßen zu können.

Durch Coltons Körper lief ein Zittern und mit einem Aufschrei explodierte eine sahnige Fontäne aus ihm heraus und ergoss sich auf dem dunklen Laminat. Sein Orgasmus törnte mich so dermaßen an, dass sich mein Höhepunkt ebenfalls näherte. Mein Rhythmus wurde immer schneller, bis sich einmal kurz alles zusammenzog, um dann die Energie wie eine Maschinengewehrsalve herauszuschießen. Ich kam so heftig, dass ich auf Colton zusammenbrach, bis meine Lunte auch den letzten Tropfen vergossen hatte. Erst dann zog ich mich langsam aus ihm zurück.

Ein Teil meiner Ejakulation rann an Coltons Bein hinunter. Ich blieb erschöpft auf ihm liegen und genoss seine Haut an meiner. Allmählich begriff ich, warum Brian Kinney in 'Queer as folk' nie auf Sex verzichten wollte. Es war viel zu gut! Und obwohl ich es lieber verdrängt hätte, fragte ich mich sofort, wie es wäre, Liam zu ficken. Konnte er sich so gehen lassen, wie es Colton gerade getan hatte? Würde es gänzlich anders sein?

Ich begrub den Gedanken, denn er führte zu nichts. Jedenfalls zu nichts Gutem. „Wir sollten duschen gehen. In einer halben Stunde muss ich in der nächsten Vorlesung sitzen." So viel zum Thema 'romantisches Kuscheln danach'. Weil das Bad eine Etage tiefer lag, zogen wir uns für den Weg wieder Klamotten an. Wir gingen dicht an dicht, Colton flüsterte mir zu: „ Das war eine ganz schön heiße Nummer.

Meine Rosette ist von deinem Riesenteil immer noch geweitet. So hart hat mich noch keiner rangenommen."

Hah! Nicht einmal Jackson. Das wunderte mich nicht. Er war einfach nur ein Weichei, dass heiße Luft spuckte. Aber sein Hinterteil könnte bestimmt einmal eine ordentliche Ladung gebrauchen. Ich stellte mir sein Gewinsel dabei bildlich vor und bekam an der Badezimmertür direkt das nächste Rohr in der Hose.

Colton winkelte den Stuhl unter der Türklinke an und gemeinsam gingen wir nackt in die rechte Kabine. Wir küssten uns leidenschaftlich, während der Wasserstrahl auf uns herunter prasselte. Ich griff zum Duschgel und seifte Colton mit massierenden Bewegungen ein. Er tat bei mir dasselbe. Als ich das Shampoo in seine Haare einmassierte, schloss er genüsslich die Augen und schnurrte wie ein Kätzchen. Er lehnte sich an mich und mein Körper stützte ihn. Wieder empfand ich diesen Moment als viel intimer, als den Vorangegangen.

Wir rubbelten uns danach gegenseitig trocken und lachten und kicherten dabei. Nachdem ich

mich wieder angezogen hatte, küsste ich ihn noch einmal kurz und verabschiedete mich. Am Ende der Treppe traf ich auf Jackson. Er grinste höhnisch: „Meinen Respekt! Das war ja eine ganz schön wilde Nummer gerade eben." Ich wollte ihn ignorieren und ging an ihm vorbei, aber er hielt meinen linken Arm fest:
„Wenn du noch Platz in deinem Kalender hast, kannst du deinen Hengstschwanz auch gern mal bei mir einlochen." Was dann geschah, bekam ich gar nicht bewusst mit. Meine rechte Faust schob sich mit Raketengeschwindigkeit nach oben und traf Jackson völlig unvorbereitet am Kinn. Die Wucht drückte ihn nach hinten und ließ ihn gegen einen Spiegel knallen, der nachgab und in tausende Scherben zersprang. Panisch rannte ich aus dem Verbindungshaus und blickte immer wieder nach hinten, ob Jackson mich bereits verfolgte. Meine Füße trugen mich zur Cafeteria. Am liebsten wäre ich zu Chloé gelaufen, aber die Chance war groß, dass sich dort Liam bei Jade ausheulte. Ein weiteres aufreibendes Erlebnis konnte ich nicht gebrauchen.
Das bunte Treiben im Inneren zerstreute meine Gedanken. Ich brauchte dringend einen Kaffee,

um meine Nerven zu beruhigen. Die Schlange hielt sich diesmal in Grenzen; nur zwei Personen standen vor mir. Die Frau vor mir kam mir irgendwie bekannt vor. Ich kramte im Potpourri meiner Erinnerungen und verglich die Silhouette mit den Personen, die ich in den letzten Tagen kennengelernt hatte. „Annabelle!", fiel es mir plötzlich wieder ein. „Wie geht es dir?"
Verwundert drehte sich die pralle Schönheit um und strahlte erfreut, als sie mich erkannte. „Mei Jing, schön, dich zu sehen! Ich kann nicht klagen. Wie geht es dir?" Während ich langsam wieder herunterkam, dachte ich über eine passende Antwort nach. Leider gab es darauf keine unkomplizierte Variante. Aber vielleicht hatte sie einen Moment Zeit für mich, sodass ich ihr den Verlauf der letzten Stunden evaluieren konnte. „Um dir das zu erklären, bräuchte ich etwas länger", formulierte ich vorsichtig. Sie bestellte sich einen Milchkaffee; in der Zeit des Wartens sagte sie: „Ich habe noch ein wenig Zeit. Wollen wir uns hier irgendwo hinsetzen? Vielleicht finden wir noch ein freies Plätzchen." Ich bestellte mir einen extra

großen Becher Kaffee und tatsächlich stand gerade eine kleine Gruppe auf, nachdem ich das Geld über den Tresen gelangt hatte.

Als wir auf den harten Stühlen Platz genommen hatten, wartete Annabelle gespannt ab, was ich zu erzählen hatte. Im Schein der Halogenstrahler glänzte ihr glattes Haar wie lackiertes Ebenholz. Sie trug eine dunkelmarineblaue Bluse, die durch bestimmte Raffungen des fließendes Stoffes ihre kurvigen Rundungen perfekt kaschierte. Der hellviolette bodenlange Rock ergänzte sich wunderbar dazu.

„Wenn ich dir erzähle, was sich seit der Party alles zugetragen hat, wirst du mir wahrscheinlich nicht glauben. Selbst ich kann kaum glauben, was hier abgeht." Der Kaffee floss heiß und wohltuend meine Kehle hinunter. Sie grinste und mir viel auf, dass sie kein Make up trug. Brauchte sie auch gar nicht. „Da bin ich ja mal gespannt. Dein Abgang mit Jackson war ja schon recht spektakulär."
Sollte diese Szene wirklich erst zwei Tage her sein? „In der Nacht ist aber nichts Spannendes zwischen uns passiert. Für ihn bin ich nur eine Trophäe, die es zu erobern gilt." Ich hielt inne, als mir das eben Geschehene wieder

durch den Kopf schoss: „Na ja, das war zumindest so, bis ich ihm einen derben Kinnhaken verpasst habe." Annabelle schlug die Hände vor den Mund, ich verdrehte die Augen: „Ja, ich weiß, dass das nicht clever war! Aber niemand macht sich ungestraft über meinen Boyfriend lustig."

Es war das erste Mal, dass ich es laut ausgesprochen hatte und es fühlte sich merkwürdig und nicht unbedingt richtig an. „Kenne ich ihn?", fragte sie neugierig. Ich zuckte die Schultern: „Colton Anderson, gehört auch zu Omega Xi Delta und ist Jacksons Exfreund." Sie schlug erneut die Hände vor den Mund und ich musste lachen. „Ich weiß, das ist total böse. Genau genommen habe ich ihn bereits mit Jackson betrogen, der mir einen blasen durfte." Sie schlug verstört die Hände auf die Tischplatte, sodass unsere Kaffeebecher gefährlich schwankten.

Nun holte ich zum finalen Schlag aus: „Und so wie es aussieht, hat sich anscheinend mein Mitbewohner in mich verknallt und kann damit überhaupt nicht umgehen. Dabei wollte ich von Anfang an nur ihn." Ich seufzte. So kurz zusammengefasst klang es tatsächlich sehr verworren und unnötig kompliziert. Annabelle ergriff meine Hand und ich wurde von diesem spontanen Mitgefühl völlig überwältigt.

Hier, mitten in der Cafeteria, kamen mir nun doch die Tränen. Sie rollten heiß meine Wange hinunter. Ich hatte mich so sehr verrannt, dass mir die Sicht auf einen vernünftigen Ausgang fehlte. „Jetzt reiß dich mal zusammen!", riss mein Gegenüber mich aus der Emotionsspirale. „Du jammerst hier herum, weil dich drei Männer toll finden. Hast du mal darüber nachgedacht, dass du Glück hast?! Nicht jeder kann sich die Liebe einfach so aussuchen. Dafür muss man jeden Tag hart kämpfen und dieser Kampf lohnt sich! Ich habe es da wesentlich schwerer."

Ich schluckte den Rest der Tränen hinunter und setzte mich gerader hin. „Wieso ist es für dich schwer? Du hast einen eigenen Style, trägst ihn selbstbewusst und hast es gar nicht nötig, dich hinter Make up und High heels zu verstecken. Und nicht alle Männer stehen auf Hungerhaken."

Das hatte ich eigentlich lustig gemeint, aber Annabelle sah mich nur tadelnd an: „Die interessieren mich aber gar nicht!" Oh, oops.

Mir war nicht klar gewesen, dass ich es mit einer Lesbe zu tun hatte. Mir war vorher auch noch keine begegnet. Anscheinend hatte ich zu Hause sehr unbedarft gelebt. „Meinst du, es ist schwerer, eine lesbische Frau zu finden als einen schwulen Mann?" Sie verschränkte die Arme vor ihrem drallen Busen: „Allerdings. Ihr zelebriert das Anderssein viel stärker als wir. Und Frauen sind viel wählerischer bei ihrer Partnersuche." Darüber musste ich nachdenken. War das so? Nun, ich konnte mir sehr wohl vorstellen, dass es schwieriger war, Lesben im Alltag zu entdecken. „Bist du denn bewusst auf der Suche?", fragte ich vorsichtig. Mir fielen ihre traurig wirkenden Augen wieder auf und beantwortete die Frage für mich selbst. „Ich vermisse meine Ex noch sehr. Wir haben uns getrennt, bevor ich hierher kam, weil uns die Distanz zu groß schien, um die Beziehung weiter-zuführen."
Nun schwappte das Mitgefühl auf meiner Seite über die Kanten. Einen geliebten Menschen zurückzulassen war wohl eines der schwersten Dinge im Leben überhaupt. In meinem Kopf tauchten zwei Gesichter auf: Liam und Colton. Wie sollte ich mich zwischen ihnen

entscheiden? Klar, wenn es nach Liam ging, war die Sache bereits geklärt.

Aber wollte ich es ihm so einfach machen? „Habt ihr denn noch Kontakt? Oder habt ihr einen endgültigen Schlussstrich gezogen?" Annabelle musste nun ihrerseits die Tränen zurückhalten: „Endgültig. Sie studiert jetzt in Yale. Auf der anderen Seite von America. Ich muss lernen, ohne sie klarzukommen." Mein Kaffeebecher war schon fast leer und ich hätte so gerne noch weiter mit ihr geredet, aber die Zeit saß uns im Nacken. „Hast du Lust, heute Abend etwas trinken zu gehen? Vielleicht frage ich noch ein paar Leute, und du kannst das auch gerne tun. Wir schreiben uns später wegen der Details. Was hältst du davon?" Endlich fand sie ihr Lächeln wieder. „Gute Idee! Das machen wir. Trübsal sollen die anderen blasen." Ich lachte wegen der zweideutigen Wortwahl.

Wir umarmten uns herzlich, bevor wir in verschiedenen Richtungen auseinander gingen. Ich wusste nicht einmal, was sie studierte. Danach würde ich heute Abend fragen und ich freute mich schon darauf, sie wiederzusehen. Ich ging zum Wohnheim zurück, denn ich musste meine Tasche noch holen. Die Sonne hatte sich wieder verzogen und so fror ich etwas in dem dünnen Hemd. Zum Seminar würde ich eine leichte Jacke mitnehmen. Als ich die Tür öffnete und hindurch schlüpfte, ging mein Blick automatisch nach links in den Flur, in dem Chloés und Jades Zimmer lag.

Genau in dem Moment öffnete sich dort die Tür und Liam schritt hinaus. Als er mich sah, blickte er wie geschlagen zu Boden. Am liebsten wäre er wieder hineingegangen, doch er spürte wohl, dass dieser Ausweg zwecklos gewesen wäre. Mein Verstand klinkte sich komplett aus und schon stürmte ich auf ihn zu. Mit dem roten Hemd, dass um mich herumflatterte, musste ich wie eine wild gewordene Furie ausgesehen haben.

Als ich noch einige Meter von ihm entfernt war, rief ich schon hinüber: „Das sollte doch wohl ein Scherz sein! Sag mir, dass der Zettel nicht dein Ernst gewesen ist!" Liam stand einfach nur da, wie ein geläuterter Hund, der wusste, dass er das Ausgeschimpft werden verdient hatte. „Ich habe heute schon einmal jemanden zu Boden geschlagen. Ich kann das wieder tun!"

Neben Liam ging die Tür wieder auf. Jade stellte sich mutig, trotz gebrochenem Arm, vor ihren besten Freund: „Langsam, Mei Jing! Auf meinem Flur wird niemand geschlagen. Ich kann gut verstehen, dass du sauer bist." Sie schaute mit bösem Blick zu Liam, der reumütig zusammenzuckte. Ich blieb mit den Händen in den Hüften vor ihr stehen und sprach bewusst in seiner Anwesenheit mit Jade: „Du hast mir mit deinen Andeutungen signalisiert, dass ich bei ihm doch eine Chance hätte. Stattdessen habe ich mich wieder mal zum Affen gemacht. Wie erklärst du mir das?"

Liam hob bei meinen Worten wieder den Kopf und blickte in meine Richtung. Ich versuchte mein Bestmögliches, mich auf seine beste Freundin zu konzentrieren: „Dein Ansatz war gar nicht schlecht, wie ich gehört habe. Doch dann hast du zu schnell Druck aufgebaut." Bei ihren Worten musste ich tatsächlich kichern: „Habe ich das kleine Kätzchen verschreckt? Ach je, das wollte ich doch nicht. Ich dachte, ich hätte es mit einem ausgewachsenen Jaguar zu tun."

Mit Schwung drehte ich mich danach um und ging erhobenen Hauptes zur Treppe. Niemand lief mir hinterher oder rief mich zurück. Auf den Stufen fing ich an zu lachen, ohne sagen zu können, warum. Mehrmals musste ich innehalten, um nicht ins Stolpern zu geraten. Die an mir vorbeigehenden Studierenden musterten mich argwöhnisch. Ich scherte mich nicht darum. Der Lachflash endete, als ich unser Zimmer aufschloss.

Ich war hungrig und frustriert. Wegen dieser ganzen Sache hatte ich vergessen, zu Mittag zu essen. Und es sollten nun zwei Übungskurse nacheinander folgen. Ich öffnete den Kühlschrank auf der Suche nach etwas Essbarem. Außer einer kleinen Auswahl an Smoothies enthielt er nur Wasser. Mir fiel ein, was Liam anfangs gesagt hatte, falls ich mich ungefragt an den Smoothies vergriff.

Meiner Meinung nach hatte er eine kleine Lektion verdient. Ich wählte eines dieser Mixgetränke, welches ich ohne zu würgen trinken konnte: Gurke-Melone. Also hauptsächlich Wasser. Ohne nachzudenken setzte ich die Flasche an und trank sie gänzlich leer. Es war gar nicht mal schlecht und mein Magen nun wieder voll. Das leere Behältnis stellte ich auf den Schreibtisch und schnappte mir meinen

Block und einen Stift. Auf ein leeres Blatt schrieb ich mit großen Lettern: „Brich mir doch die Hände. Dann hast du dich wenigstens etwas getraut."

Ich legte den Zettel vor die Flasche, griff meine Tasche und meine Jacke und stürmte wieder in den Flur. Er begegnete mir nicht auf dem Weg nach draußen, dafür traf ich Chloé auf dem Weg. Ausnahmsweise war sie spät dran und ich gab Liam eine Mitschuld daran. Ich holte zu ihr auf und lächelte ihr freundlich zu. Doch ich bekam so gar kein Lächeln zurück, stattdessen wirkte ihr Blick sorgenvoll: „Du schlägst einfach so meinen Bruder?"

Oh je. Das hatte ich schon wieder verdrängt. „Nun ja, grundlos hat meine Faust sein Kinn nicht getroffen. Wahrscheinlich hat er dir nicht erzählt, was er zu mir gesagt hat." In schnellem Tempo liefen wir zur Medizinschule. „Er hat dich gefragt, ob du bei Gelegenheit deinen Hengstschwanz auch mal bei ihm versenken willst." Okay, er hatte ihr sehr wohl erzählt, was er gesagt hatte. Mein Gesicht verfärbte sich zu einem unpassenden Hummerrot. „Was hätte ich denn machen sollen? Ihm einen Termin dafür anbieten?" Sie sah mich tadelnd an. Dann fing sie an zu grinsen und brach anschließend in schallendes Gelächter aus.

„Du bist ein Spinner! Süß und liebenswert, aber eindeutig verrückt." Ich stieg in ihr Lachen mit ein. Als wir vor dem Gebäude ankamen, sagte sie nun wieder halbwegs ernst: „Dir ist hoffentlich klar, dass das mit Liam noch nicht zu Ende ist." Ich riss die Tür auf und hätte sie beinahe einem Kommilitonen vor den Kopf gehauen. Der zuckte gerade noch rechtzeitig zurück. „Ernsthaft? Das ist sowas von vorbei. Er kann froh sein, wenn ich keinen Zimmerwechsel beantrage."

Wir liefen rechts den Flur hinunter. Die 'Makro-Ana-Übung' fand in Raum U2 stand. Obwohl ich dir Türklinke schon in der Hand hatte, hielt Chloé mich zurück: „Überlege dir genau, was du willst. Auch wenn Liam heute Mittag einen essentiellen Fehler gemacht hat, seine Gefühle sind echt. Du hast ihn nicht weinen sehen. Ich schon."

Jetzt hielt sie mir die Tür auf und wie in Trance ging ich hindurch. Direkt daneben gab es eine Garderobe voller weißer Kittel. Wir griffen uns beide einen und gesellten uns zu den anderen. Liam hatte geweint? Um mich? Ich schluckte, doch mir blieb keine Zeit zum Nachdenken.

Der Übungsleiter enthüllte die erste Leiche und wir versammelten uns darum, als würden wir ein Kunstwerk betrachten. Und im weitesten Sinne war es das. Ein Kunstwerk der Natur. Für die nächsten zwei Stunden schaltete ich meine Gefühle aus.

Selbst, wenn man alle Folgen von Grey's Anatomy und Emergency Room gesehen hatte, half dieses Wissen nicht bei der Behandlung eines echten Patienten. Ich begriff dies beim Anblick des geöffneten Korpus. Hier war nichts stilisiert oder mit Special effects bearbeitet. Dies waren echte Organe und vor nicht allzu langer Zeit hatte dieser Mensch noch geatmet. Ich bekam einen Heiden-Respekt vor dem Leben als Absolutes. Wie viel unserer Zeit benutzten wir effektiv im Alltag? Ich tippte spontan auf 50 %, wenn überhaupt.

Chloé sagte, ich solle mir gut überlegen, wie ich mich entscheide. Und sie hatte damit bestimmt Recht. Während ich dabei zusah, wie der Übungsleiter einen dorsalen Schnitt vorführte, dachte ich darüber nach, wie ich mein verursachtes Chaos wieder in den Griff bekommen konnte.

In meinem Kopf legte ich eine Pro- und Kontraliste an. Was sprach für Colton? Unglaublich süß, herzlich, witzig; der Sex war unglaublich (allerdings hatte ich kaum Vergleichswerte) und er gab mir Halt und Sicherheit. Gegen ihn sprach sein Ex – und dass er nicht Liam war.

Aber was sprach für meinen Mitbewohner? Bei der Suche nach passenden Attributen fand ich folgende Adjektive: extrem launisch, herrschsüchtig, impulsiv, eifersüchtig; und ich wusste nie, was er gerade dachte. Aber er war eben Liam.

Und in dem Moment, als das Herz freigelegt vor uns lag, wusste ich, was meines wollte. Dieses Wissen befreite mich einerseits, doch mein Verstand versuchte sofort, mir Schuldgefühle einzureden, weil ich mit meiner Entscheidung Colton verletzen musste. Er würde nicht verstehen, warum ich kommenden Ärger in Kauf nahm. Und den würde es geben.

Im Laufe der Übung betrachteten wir noch weitere Organe, aber keines davon bewegte mich so sehr wie das Herz. Der Motor des Lebens, die treibende Kraft, die es schafft, dass wir über uns hinauswachsen. Ich ging um meine Kommilitonen herum, um näher an die rot schimmernde Blutschleuse heranzukommen. Der Dozent entdeckte meine Neugier und ließ die anderen mit den Arterien und Venen kurzweilig allein.

Ich stand vor der Schale wie ein Kind vor einem Schaufenster voller Süßigkeiten. „Wenn Sie sich Handschuhe überziehen, dürfen Sie es gerne mal halten, um dessen Gewicht zu spüren. Es wiegt etwas mehr als 300 Gramm." Ich fand ein Paar Einweghandschuhe in einer der Kitteltaschen. Nachdem ich sie übergestreift hatte, legte er mir das wertvollste, was einem Menschen geschenkt werden kann, in die Hände.

Chloé kam zu mir herüber; sie freute sich ähnlich wie ich und strahlte übers ganze Gesicht. Wieso konnte die Liebe nicht so einfach sein wie dieser schöne Moment? Der Nachmittag flog dahin. Zwischen den Übungen erhielt ich eine Nachricht von Annabelle. Sie kannte ein gemütliches Diner ganz in der Nähe der Medizinschule.

Dort gab es angeblich richtig gute Burger und halbwegs trinkbares Bier. Natürlich waren wir zu Letzterem noch gar nicht berechtigt, aber mir stand der Sinn tatsächlich nach einer geselligen Runde in einem gemütlichen Lokal. Für Colton war ich noch nicht bereit. Obwohl es mir gewagt schien, fragte ich Chloé, ob sie mich begleiten würde. Es wunderte mich nicht, dass sie sich nicht mehr an Annabelle erinnern konnte.

Trotzdem sagte sie zu, was mich positiv überraschte. Wenig später gab sie zu, Porter auch dorthin eingeladen zu haben. Ich hatte zwar keine große Lust auf ein dauerhaft herumknutschendes Pärchen, aber vielleicht benahmen sie sich ja. Ich hoffe, dass er nicht noch andere vom Haus einladen würde.

Im Verlauf der mikroskopischen Anatomie-Übung stellten wir erfreut fest, dass sie uns Spaß machte, denn wir konnten aktiv an unserem Lernprozess teilnehmen. Ich war beeindruckt von der modernen Technik, die hier benutzt wurde. Das scharf gestellte und um ein Vielfaches vergrößerte Bild wurde direkt auf den Rechnermonitor übertragen und konnte dort noch bearbeitet werden.

Wir wurden in kleinere Gruppen eingeteilt, um eine bestimmte Abweichung der Norm in den

Biopsiefragmenten zu finden, um dann vor den restlichen Kommilitonen unser Ergebnis zu präsentieren. Daher waren wir sehr erstaunt, als auf einmal alles vorbei war und wir gehen durften. Wir wollten das gar nicht, aber es gab noch so viel zu lernen, dass wir uns schon tierisch auf den nächsten Tag freuten.

Mittlerweile hatte sich die Sonne ihren Platz am Himmel zurückerobert, sodass meine mitgenommene Jacke nun überflüssig war. Auf dem Weg zum Ausgang hörte ich mehrmals Chloés Magen knurren. „Gut, dass wir jetzt Essen gehen. Anscheinend bist du genauso hungrig wie ich." Sie lächelte dankbar: „Jackson schwärmt ständig von dem Diner, hat mich aber noch nie dahin mitgenommen."

Während wir die Straße entlang gingen, fiel mir auf, dass ich Chloé noch nichts von meiner Entscheidung erzählt hatte. „Du hattest übrigens Recht. Ich habe voreilig reagiert. Es war von Anfang an Liam und er wird es bleiben. Jetzt muss ich allerdings die Taktik ändern, wenn ich ihn nicht endgültig verschrecken will."

Sie blieb abrupt stehen und hielt mich an: „Du wirst dich anstrengen müssen. Mit der letzten

Aktion hast du ihn ziemlich verletzt." Sie setzte ihren Gang fort und ich folgte ihr. „Mein Bruder hat ihn anscheinend ziemlich beschädigt, aber der Schaden ist nicht irreparabel. Du wirst Geduld brauchen und starke Nerven. Und höre auf, Spiele zu spielen. Begib dich nicht auf Jacksons Niveau."

Dieser Vergleich schmerzte, allerdings hatte ich ihn durchaus verdient. Von weitem sprang uns das große bunte Logo des Diners ins Auge. Ich freute mich schon auf eine XXL-Portion 'French fries'. Ein fröhliches Glöckchen bimmelte beim Öffnen der Tür und hieß uns Willkommen. Das Innere wirkte wie ein lebendes Klischee. Schachbrettfliesen, rotes Leder und ein riesiger Tresen säumte die Länge des Raumes. Die meisten Tische waren mit fremden Menschen besetzt, aber ich entdeckte Annabelle im hinteren Teil des Diners. Ihr gegenüber saßen zwei Gestalten, die ich noch nicht zuordnen konnte, weil ich nur deren Rückansicht sehen konnte.

Als wir näher kamen, standen alle am Tisch sitzenden auf, um uns zu begrüßen. Annabelle schien ein wenig irritiert zu sein, dass ich ausgerechnet Chloé mitgebracht hatte, doch sie versuchte ihr Bestes, ihr Missfallen zu überspielen. Sie stellte uns zwei ihrer Kommilitonen vor. Beide wirkten sehr speziell:

Grace fiel allein durch ihr feuerrotes Haar auf. Es reichte bis zum Ende ihres Rückens und wirkte durch ihr ansonsten schwarzes Outfit übertrieben grell. Ihr Make up erinnerte mich stark an die dunklen Krähenfüße von Amy Winehouse, aber ihre hellgrünen Augen strahlten freundlich und aufgeschlossen.

Andrew dagegen machte auf mich einen komplett anderen Eindruck. Sein schulterlanges Haar war dermaßen wasserstoffblond, das es wie weiße Seide glänzte. Sein modisches Gespür erinnerte an die Dandys der 30er Jahre und in diesem rustikalen Ambiente trat er als Relikt einer ganz anderen Ära auf. Weißes Hemd, violette Krawatte, schiefergraue Weste. Seine Augen schimmerten in einem merkwürdigen Braun, das fast lila wirkte. Dieser Effekt konnte aber vom Neonlicht verursacht werden. Beide gaben uns die Hand, wobei ich den Eindruck hatte, dass Andrew den Körperkontakt länger suchte, als es nötig gewesen wäre. Seine Schlauchbootlippen trugen die gleiche Farbe

wie Chloés, was mich zum Schmunzeln brachte.
Als wir uns setzten, kam endlich die Zeit, meine Neugier zu befriedigen: „Jetzt erzähle mir erst einmal, Annabelle, was du studierst?"
Eine leicht untersetzte Kellnerin strumpelte lustlos zu unserem Tisch. Wir gaben eine umfangreiche Bestellung auf und erst als sie von dannen schlich, bekam ich eine Antwort auf meine Frage:
„Wir drei studieren 'gender studies'. Das gibt es noch gar nicht so lange, ist aber hoch interessant. Die Trennung der Geschlechter wird heute sehr genau von der sexuellen Orientierung differenziert. Selbst die früheren Kategorien 'Homo' und 'Hetero' sind überholt und werden heutzutage feiner abgestuft."
Als sich Grace zu Wort meldete, fiel mir die Kinnlade hinunter. Das zarte feingliedrige Wesen stand im starken Kontrast zur dunklen rauchigen Stimme, die uns voll tönend entgegen strömte: „Ich lebe jetzt seit zwei Jahren als Frau. Ein Jahr muss ich noch durchhalten, bevor die OP zur Umwandlung genehmigt wird. Bis dahin lebe ich als Transfrau, was gesetzlich leider immer noch eine Grauzone

ist."

Ein Blick zu Chloé zeigte mir, dass sie ähnlich schockiert war. Im ersten Eindruck hatten wir nichts davon mitbekommen. Um dem Ganzen noch die Krone aufzusetzen, fügte sie hinzu: „Als Grace bin ich übrigens lesbisch."
Ein koketter Blick flog zu Chloé, deren Wangen die Farbe des Rouge annahmen. Annabelle und ich kicherten, Andrew verzog keine Miene. Stattdessen starrte er mich nur lüstern an.
Chloé sah, dass ich mich unwohl fühlte, daher fragte sie dreist: „Und, Andrew, was ist deine Ausrede für deinen Look? Wette verloren?" Der sog scharf die Luft ein und zog eine Schnute vom Feinsten. Grollend flüsterte er: „Das ist kein Look sondern ein Lebensstil."
Die nachfolgende Stille wurde von der Kellnerin unterbrochen, die ein volles Tablett auf unserem Tisch abstellte. Cola für Annabelle und Grace, Kaffee für Chloé und mich und ein Bitter Lemon für Andrew. Außerdem zwei große Schalen voller french fries für alle, die wahrscheinlich nicht lange halten würde, denn wir alle griffen beherzt zu.
Mit vollem Mund brauchten wir nicht miteinander sprechen, auch wenn ich mir das

anders vorgestellt hatte. „Ist Porter denn schon auf dem Weg?", fragte ich Chloé, um das Eis doch noch irgendwie zu brechen. Sie überprüfte zum wiederholten Male ihr Handy, aber diesmal lächelte sie: „Ja, sie sind unterwegs." Bei mir läuteten alle Alarmglocken.

„Was meinst du mit 'sie'? Wen bringt er mit?" Vier Augenpaare waren auf mich gerichtet, anscheinend hatte mein leicht panischer Unterton sie aufgeschreckt. Chloé sah mich mitfühlend an: „Das hat er nicht geschrieben. 'Wir sind gleich da.' steht in der Message." Sie hielt mir ihr Display entgegen.

Die Chancen standen nun 50/50, dass hier gleich entweder Jackson oder Colton stehen würden. Beide Varianten passten mir gar nicht. Ich war seelisch noch nicht auf die Trennungsrede vorbereitet und auf Jackson konnte man sich nicht vorbereiten. Vor allem nicht, wenn man ihm erst vor Kurzem zu Boden geschlagen hatte.

Wenn der mich erwischen würde, müsste ich meine Einzelteile in der Notaufnahme zusammensuchen. Diese Vorstellung sorgte dafür, dass mein Magen sich nicht mehr wohl fühlte. Vielleicht hatte ich auch zu viele Pommes frites gegessen. Als die Türglocke bimmelte, drehte ich mich voller Angst dorthin um. Doch es war nur eine Familie mit zwei kleinen Kindern.

Erleichtert ließ ich mich in das weiche Leder sinken. „Sag mir, dass du Porter bereits gefragt hast, wen er mitbringt", sagte ich scharf und warf Chloé einen bösen Blick zu. Die zuckte zusammen und nickte nur. Andrew wollte mich wohl beruhigen und legte seine Hand auf meinen Oberschenkel, doch als er sie dreist hoch wandern ließ, schüttelte ich ihn schroff ab. Er versuchte zu lächeln, doch es wirkte mehr wie das Zähne blecken eines 'luisô', eines Werwolfs.

Die Nackenhaare stellten sich mir auf. Dann erfolgte das erlösenden Pingen. Chloé checkte ihr Smartphone und seufzte: „Er hat Colton dabei. Tut mir Leid." Wenigstens würden meine 'kangue' (Knochen) heil bleiben. Doch der Rahmen war mehr als ungünstig. Hier konnte ich das unmöglich beenden. Ich hatte keine Lust auf eine öffentliche Szene.

Aber ich empfand es auch nicht als fair, ihm den ganzen Abend etwas vorzuspielen.

Andererseits gönnte ich ihm noch ein paar Stunden Glück. Warum sollte ich das vorschnell kaputtmachen, wenn ich es noch einen Abend lang genießen konnte? Annabelle sah, wie Chloé mich wissend angrinste. „Was ist hier los?", fragte sie neugierig. Sie blickte irritiert zwischen uns hin und her und als Chloé mit den Locken ihren Kopf schüttelte, flüsterte sie mir leise zu: „Wenn du so weiter machst, sorgt dein Karma dafür, dass du im nächsten Leben als Fischfutter wiedergeboren wirst." Ich musste lachen.

Bestimmt hatte sie Recht. Die Mitgliedschaft für Eiskalte Engel hatte ich nicht nur angenommen, ich war in kürzester Zeit zum Meister aufgestiegen. Andrew fragte mit bissigem Unterton: „Wer ist denn dieser Colton?" Bevor ich etwas antworten konnte, reagierte Annabelle darauf: „Das ist Mei Jings Freund. Ein zuckersüßes Ding. Ich habe ihn bei Facebook gefunden." Sie zwinkerte mir zu.

Ich konnte ihr nicht die Wahrheit sagen. Noch nicht. Sie freute sich so sehr für mich. Also würde ich heute Abend mein Schauspiel-Debüt geben. Und als hätte ein Regisseur „Und action!" gerufen, schwang die Tür auf und mit dem Bimmeln kamen Porter und Colton auf uns zu.

Sie schienen um die Wette zu strahlen. Ich schluckte mein schlechtes Gewissen hinunter. Es lag wie ein schwerer Stein auf dem Grund meiner Seele. Ich schaltete mein verliebtes Lächeln ein und gab Colton zur Begrüßung einen leidenschaftlichen Kuss; im Augenwinkel nahm ich wahr, dass Andrew vor Neid mit den Zähnen knirschte.

Porter wollte natürlich bei Chloé sitzen, daher standen wir auf und sortierten uns neu. Annabelle rutschte zu Grace und Andrew, sodass in unserer Bank nun Chloé, Porter, Colton und ich saßen. Die lahme Kellnerin kam wieder zu uns und so bestellten wir eine neue Runde Getränke und jetzt auch eine heitere Variation von Burgern, die sie mit krakeliger Schrift auf ihrem Block notierte.

Auch mit den beiden Neuankömmlingen wollte keine illustre Runde entstehen, sodass sich kleine Einzelgespräche herausbildeten. „Wie war denn dein Nachmittag?", fragte Colton mich und seine verliebten eisblauen Augen warteten neugierig auf eine Antwort. Mir gingen einige Szenen durch den Kopf, aber ich beschränkte mich auf eine Sache:

„In 'Makro-Ana' durften wir zusehen, wie ein Herz herausgetrennt wird. Ich durfte es sogar kurzweilig halten!" Mir wurde übel bei dem Gedanken, dass ich seines bald zerquetschen würde. „Und bei dir?", fragte ich und nutzte meinen Enthusiasmus, damit die Frage nach ernstem Interesse klang. Colton griff nach meiner Hand, beugte sich zu mir hinüber und flüsterte mir ins Ohr: „Ich habe nicht viel mitbekommen. Das Gefühl von heute Mittag hat meinen Verstand benebelt." Er knabberte dreist an meinem Ohrläppchen und mir schoss sofort das Blut nach unten.

Mein Körper reagierte völlig unabhängig von meinen Gefühlen. Tatsächlich kam mir kurzweilig der Gedanke, erst nach dem Sex mit ihm Schluss zu machen. Mit vernebeltem Verstand ertrug sich der Schmerz vielleicht leichter, doch letztendlich sprach nur der Eiskalte Engel in mir dafür.

Nun stieg mir noch sein Parfum in die Nase und machte mein Rohr endgültig hart. Wie gut, dass wir erst die Burger essen mussten, bevor wir gehen konnten. Jetzt aufzustehen wäre peinlich gewesen. Als hätte ich sie gedanklich herbestellt, schlurfte die Kellnerin mit unserer Bestellung heran. Riesige Hackfleischbrocken thronten zwischen zwei runden Brothälften und ließen sich von Gurke, Käse und Tomate veredeln. Beim einen oder anderen sorgten Zwiebeln und Peperoni für den schärferen Pfiff.

Die gefräßige Stille kam uns allen gelegen. Diese Runde hatte leider kein Potential für einen heiteren Abend, daher überlegte ich mir schon beim ersten lustvollen Biss, mit welcher tauglichen Ausrede ich diesen Kommunikationskrampf auflösen konnte. Wahrscheinlich wäre es am Leichtesten, mit Colton zu gehen, schließlich wusste ich vorher nicht, dass er Zeit für mich haben würde. Und so geschah es, dass sowohl Chloé und Porter als auch Colton und ich uns nach dem Verzehr der wirklich leckeren Burger verabschiedeten.

Mir tat Annabelle Leid, denn sie hatte sich den Abend bestimmt anders vorgestellt. Ich mir auch. Andrew starrte mir ausgiebig hinterher und zwinkerte mir sogar noch zu, als ich noch einmal zurückblickte. Ein wirklich grusliger Kerl, der zwar gut aussah, aber von einer durchtrieben düsteren Aura umgeben war. Ich atmete erleichtert auf, als uns draußen frische Luft entgegenschlug.

„Wow, bin ich froh, dass das nicht meine Freunde sind!", sagte Chloé spontan und entlockte Porter ein heiteres Kichern. Wir schlenderten in gemütlicher Zweisamkeit zum Verbindungshaus. Ich verspürte den inneren Drang, mich zu entschuldigen: „Tut mir wirklich Leid, Leute. Ich hatte keine Ahnung, was für Gestalten Annabelle mitbringen würde. Beim nächsten Mal erkundige ich mir vorab. Versprochen."

Colton fing als Erster an zu lachen. Nach und nach stiegen wir mit ein. Es war herrlich befreiend. Der Wind zog pfeifend durch mein Hemd und verursachte mir eine Gänsehaut. Colton zog mich näher zu sich heran, um mich zu wärmen. Obwohl es falsch war, genoss ich seine Zuwendung. Ich lehnte mich regelrecht an ihn und suhlte mich in diesem friedlichen Moment.

Viel zu schnell waren wir am Haus angekommen, Porter schloss die Tür auf. Im Flur war von meiner Aktion mit Jackson nichts mehr zu sehen. Lediglich der neue Spiegel änderte das Ambiente minimal. „Wollen wir uns noch zusammensetzen?", fragte Porter höflich, doch seine Freundin hatte andere Pläne: „Ich habe da eine bessere Idee." Sie küsste ihn und schlang die Arme um ihn. Eine Hand ließ sie zu seinem strammen Po hinunter wandern. Colton und ich sahen belustigt zu. Als sie sich etwas von ihm löste, sagte er heiser: „Okay. Ich wünsche Euch noch einen schönen Abend, Jungs." Chloé zog ihn in Richtung seines Schlafzimmers, das sich im Erdgeschoss befand. Colton zog mich dagegen die Treppe hinauf. In seinem Zimmer würden wir ungestört sein und das kam mir sehr gelegen. Als er die Tür aufschloss, sagte er grinsend: „Bin mal gespannt, was Chloé dir morgen erzählt. Laut seiner Exfreundin soll er eine Granate im Bett sein. 'Ein feuriger Liebhaber mit feurigem Haar', hat sie mal gesagt." Ich kicherte. Gut für sie. Ich würde ihr schon die interessanten Details entlocken.

Als die Tür ins Schloss fiel, kam Porter auf mich zu. „Er soll auch einen ziemlich großen Schwanz haben. Ich kenne da noch so einen", raunte er mir mit einer sexy klingenden Stimme zu. Er griff mir direkt in den Schritt und küsste mich. Ich konnte nichts dagegen machen, meine Lunte wuchs innerhalb von Sekunden und drückte schmerzhaft gegen den Stoff der Hose. Seine weichen Lippen liebkosten die meinen und wie von Zauberhand geöffnet, lag mein bestes Stück plötzlich frei.

Colton griff danach und begann, mich zu wichsen. Ich stöhnte schwer, weil ich darauf nicht vorbereitet gewesen war. Mit der anderen Hand knöpfte er mein Hemd auf. Mein Verstand ging auf Autopilot und überließ meinem Körper die Kontrolle. Ich riss Colton, mehr oder weniger, die Klamotten vom Leib und schmiss ihn auf sein Bett.

Ungestüm küssten wir uns, die Leidenschaft überrannte uns förmlich. Meine Hände wollten überall sein, Colton gab sich blind meiner Wollust hin und sein heißes tiefes Stöhnen machte mich nur noch geiler. Ich drückte seine Beine nach oben und stupste mit meiner Eichel gegen sein empfindliches Loch. Nur allzu bereitwillig gab es nach und mit einem Ruck versenkte ich mich in ihn.

Colton warf den Kopf nach hinten und krallte seine Hände aufgrund meiner tiefen Stöße in die Laken. Ich hatte gelernt, beim Sex jegliche Hemmungen zu verlieren und so stieß ich immer wieder mit aller Kraft zu. Colton umklammerte nun selbst seine Beine, sodass ich meine Hände wieder frei hatte. Mit links fuhr ich seinen Oberkörper entlang und griff beherzt in seine Brustwarze, um ein tief gestöhntes „Ja" zu erhalten. Mit der anderen Hand begann ich, seinen harten Schwanz zu wichsen.

Zwischendurch variierte ich das Tempo. Ab und zu zog ich meinen Stab ganz heraus, nur um ihn mit Wucht wieder hineinzuschieben. Dann wiederum ließ ich ihn ganz drin, sodass Colton zu betteln begann, damit ich weiter zustieß. Als ich darauf das Tempo erhöhte, dauerte es nicht lange, bis Colton zum Höhepunkt kam. Mit einem befreienden Schrei entlud sich sein Lustspender in mehreren Schüben und verteilte sich in mehreren weiß glänzenden Lachen auf seiner schweißnassen Haut.

Ich rieb mit den Fingern durch die Masse und näherte mich damit meinem eigenen Höhepunkt. Kurz bevor es soweit war, zog ich mein langes Teil aus der dunklen Grotte heraus und schleuderte den Orgasmus über Colton aus. Der erste Schwall landete auf seinen Lippen und wurde gierig von ihm nach innen geleckt.

Der Rest verteilte sich großzügig und vermischte sich mit Coltons Ladung. Seine Hände verrieben die Creme und als seine Finger zum Mund gingen, törnte mich das unheimlich an. Auf Knien rutschte ich nach vorne, sodass mein übergroßer Ständer direkt vor seinem Gesicht stand. Sofort schlossen sich Coltons Lippen darum und saugten sich daran fest. Ich schloss die Augen und genoss das herrliche Gefühl, in seinem Mund zu sein. Anders als bei Jackson ließ ich ihm freie Hand und so dauerte es gar nicht lange, bis ich ein zweites Mal kam.

Coltons Erektion stand wie ein Baumstamm nach oben. Ich rückte wieder nach hinten und ohne darüber nachzudenken, senkte ich meinen Po hinunter. Als Colton begriff, was ich tat, gab es bereits kein Zurück mehr. Sein Speer drückte meine empfindsamste Öffnung ohne zu zögern auseinander und spießte mich auf. Jedenfalls fühlte es sich anfangs so an. Als der ganze Schaft in mich versenkt war und ruhte, verstand ich den Reiz daran. Dieses Gefühl, völlig ausgefüllt zu sein, hatte durchaus etwas Befriedigendes. Ich spürte Coltons Blut durch seinen Penis pulsieren.

Meine Entspannung brachte ihn dazu, mit leichten Bewegungen anzufangen.

Seine Stöße waren sanft und anfangs zögerlich. Als er sicherer wurde, verbanden sich Schmerz und Lust zu einer süchtig machenden Kombination. Ich brachte mein Becken in Bewegung und entlockte Colton damit ein intensives Stöhnen, sodass ich mehr wollte. Mit dem Heben und Senken meines Hinterns verstärkte ich seine Stoßkraft, mit dem Erhöhen des Tempos steigerte ich unsere Lust. Ich sah in seinem Gesicht, dass sein Höhepunkt kurz bevorstand. Ich lehnte mich daher etwas nach hinten und griff nach seinen Eiern. Colton hielt inne und schon spürte ich, wie der klebrige Saft in mich hinein schoss. Ein merkwürdiges Gefühl, aber durchaus nicht unangenehm.

Erschöpft ließ ich mich neben ihn nieder. Noch immer spürte ich seinen Kolben, obwohl er längst wieder frei lag. Ausgesaugt und zufrieden. Ich fühlte mich genau so, was völlig absurd war, weil sich meine Entscheidung dadurch überhaupt nicht verändert hatte. Anscheinend war ich in der Lage, Sex und Liebe ziemlich genau zu trennen.

Doch ich war mir leider sicher, dass Colton das nicht konnte. Bewusst drehte ich mich zur Seite. Auf keinen Fall wollte ich ihm jetzt in die Augen sehen. Er kuschelte sich an mich heran und so schliefen wir eng umschlungen ein. Gegen halb eins wachte ich wieder auf. Colton schlief friedlich neben mir. Anscheinend hatten wir uns während des Schlafs wieder voneinander gelöst. Gefährliche Schatten huschten über Colton hinweg und die Dunkelheit legte sich zentnerschwer auf mein schlechtes Gewissen. Wie konnte ich diesem süßen Engel etwa so Grausames antun? Doch ich fühlte mich hier einfach fehl am Platz. Ich sollte woanders sein. Nicht hier.

Leise schlich ich zu meinen Klamotten und zog mich an. Ich griff meine Tasche und lief lautlos aus dem Zimmer. Möglichst tonlos ging ich die Treppe hinunter. Mir begegnete niemand, als ich mitten in der Nacht das Verbindungshaus verließ und über den Campus zum Wohnheim schlich. Die Flure lagen still, nur meine Schritte hallten von den einsamen Wänden zurück. In meinem Magen rumorte es mit jeder erklommenen Stufe mehr. Mein Herz zog mich zu Liam, doch der Gedanke, wie sich

Colton morgen früh fühlen musste, schnürte mir die Kehle zu. Im dritten Stock sah ich bereits, dass in unserem Zimmer kein Licht mehr brannte.

Ein Hauch von Erleichterung gab mir die Kraft, weiterzugehen. Zu gerne wollte ich mit Liam reden, aber ich hatte auch Angst davor. Angst, dass wir doch nur wieder die falschen Sachen sagen und diese Auseinandersetzungen in die nächste Runde gingen. Möglichst leise schloss ich dir Tür auf. Ich wartete, bis auf dem Flur das Licht ausging, und öffnete erst dann die Tür. Meine Augen brauchten einen Moment, um sich an die geänderten Lichtverhältnisse zu gewöhnen.

Ganz automatisch lief ich auf mein Bett zu. Doch es war schon belegt. Liam schlief friedlich in Embryonalstellung, sein Kopf ruhte auf meinem Kopfkissen. In seinen Händen hielt er etwas Helles, dass ich beim näheren Hinschauen als mein weißes T-Shirt identifizierte. Ich hatte es zur Party getragen, nachdem Chloé mich umgestylt hatte. Er musste es aus meinem Wäschesack gekramt haben.

Meine Gefühle schwappten über. Alles

Vorhergehende schien wie weggeblasen. Ich zog mich bis auf die Unterhose aus und legte mich einfach dazu. Der Platz war mehr als begrenzt, aber seine Nähe und dieser unverwechselbare Geruch reichte mir völlig. Liams Unterbewusstsein musste die Situation gespürt haben, denn sein rechter Arm schlang sich um meinen Oberkörper und zog mich zu ihm heran. Es waren keine Worte nötig. Und mit diesem Wissen schlief ich glücklich ein.

Tag 4

Ich wurde nicht als erster wach. Liams Finger strichen sanft über warme weiche Haut, ertasteten meine Brustwarzen und übten an gezielten Stellen leichten Druck aus. Mein noch schlafender Organismus reagierte sofort darauf. Es wurde eng in der Shorts und mit diesem Anschwellen erwachte ich langsam.

Ich bemühte mich anfangs, keine Regung zu zeigen, um Liam nicht zu verschrecken. Zu sehr genoss ich die zarten Berührungen dieses starken Mannes, der sich bisher so ungeschickt angestellt hatte. Seine Lippen liebkosten meinen Nacken und Tausende von Blitzen schon durch meinen Körper. Zwar hatte ich mir schon vorgestellt, wie weich seine Lippen sein mochten, doch sie zu spüren, war intensiv und schön und nahm mir den Atem. Mir entfuhr ein leichtes Stöhnen und damit verriet ich mein Wachsein. Trotzdem verharrte ich, denn mit Spannung erwartete ich seine nächsten Aktionen. Seine Hände wanderten tiefer und als er noch näher heranrückte, spürte ich endlich seine Erektion.

Groß und hart drückte sie gegen meinen Hintern

und entlockte mir die nächsten lustvollen Geräusche. Nur zu gern wollte ich seine smaragdgrünen Augen sehen, aber ich wagte es noch nicht, mich umzudrehen. Liam ließ seine Zunge über die Außenseite meiner Ohren gleiten. Das löste eine Reizexplosion hervor, dich mir in meinen kühnsten Träumen nicht vorgestellt hatte.

Ich drückte mich auf den Rücken und mit leichtem Schwung zog ich Liam auf mich drauf. Sein Gewicht auf mir wirkte wie Balsam auf meiner Seele. Und nun konnte ich ihm endlich in die Augen sehen. Wie sollte ich den Blick beschreiben? Die Wärme darin hätte selbst die böseste Eiskönigin zum Schmelzen gebracht. Die Güte darin hätte selbst den fiesesten Dämon besänftigt. Und die Liebe darin hätte nicht stärker sein können. Und sie galt nur mir. Meine Finger vergruben sich in seinem Haar und zogen seinen Kopf hinunter. Unseren ersten Kuss werde ich nie vergessen. Er begann unbeholfen und zaghaft, steigerte sich in seiner Intensität und wurde immer heftiger, wilder, bis wir uns mit geschmeidigen Bewegungen zum Orgasmus trieben. Erst danach trennten sich unsere Münder kurzweilig.

Schwer atmend blieben wir liegen und schauten uns an. Irgendwie spürten wir nun, dass dies richtig war. Sein Herzschlag ergänzte meinen und zusammen schlugen sie im Einklang.

„Lass uns vergessen, was vorher war. Wir starten ganz neu von hier aus", schlug Liam von sich aus vor. Er küsste mich und lächelte, sodass ich aufgrund seiner süßen Grübchen dahin schmolz. Mein Handy meinte, mich wecken zu müssen. Ich kroch unter Liam hinweg und als ich den Wecker ausgestellt hatte, zog mich Liam zurück ins Bett.

Ich quiekte fröhlich und fiel auf ihn drauf. „Warum denn nicht gleich so?", fragte ich nun neugierig. Die Sonne bahnte sich allmählich einen Weg durch unsere Vorhänge. Heute würde es nicht so wechselhaft werden wie gestern. Liams Hände ruhten friedlich auf meinen Pobacken:

„Ich hatte wohl Angst, mich so sehr auf jemanden einzulassen. Kontrolle ist für mich wichtig. Wenn ich weiß, wie es läuft, fühle ich mich sicher. Ich habe schon am ersten Tag gemerkt, dass du dich nicht kontrollieren lässt. Deswegen bin ich auf Abstand gegangen."

Ich knuffte ihn in die Seite, doch er zuckte

nur: „Hee, das kitzelt!" Das hätte er nicht sagen dürfen! Wir kitzelten uns gegenseitig, bis wir vor Lachen Seitenstechen bekamen. Ein Blick auf die Uhr ließ uns hochschrecken: „Wir müssen uns beeilen! Duschen, jetzt!" Bei meinem herrischen Ton musste Liam kichern. Ich drohte mit einer erneuten Kitzelattacke und schon sprang Liam auf und huschte ins Bad. Lachend folgte ich ihm. Die Duschszene verlief wie die vorigen.

Das Sauberwerden geriet mal wieder in den Hintergrund, denn hier sah ich Liams bestes Stück zum ersten Mal in erigierter Form. Tatsächlich konnte er fast mit mir mithalten; der Schaft war mit kräftigen Adern übersät, die Vorhaut umschloss seine Eichel nun nicht mehr ganz und der Lusttropfen lag schon auf meiner Zunge.

Mittlerweile hatte ich in dieser Sache etwas Routine aufgebaut, die mir nun hilfreich zur Seite stand. Liam und seine Disziplin hielten nicht lange durch und schon nach kurzer Zeit empfing ich einen köstlichen Schwall salziger Energie.

Wir kamen natürlich beide zu spät zu unseren Vorlesungen. In der ersten Pause bekam ich von ihm eine Whatsapp-Nachricht: „Was heißt denn 'Ich liebe dich' auf Guaraní?" Chloé lächelte zufrieden, als ich ihr das bei einem Becher Kaffee zeigte. Ich nahm mir fest vor, mit Chloés Hilfe Colton alles zu erklären und schrieb glücklich zurück: „Rohayhu."

Reprise:

Die nächsten zwei Jahre waren die Schönsten und Intensivsten meines Lebens. Colton nahm unser Ende mit Fassung, trauerte drei Monate still vor sich hin, bis er bei einem weiteren Fußballturnier einen süßen Alligator kennenlernte. Die beiden sind wie siamesische Zwillinge.

Chloé und Porter blieben auch weiterhin zusammen und so manches Doppeldate fand mit uns statt. Annabelle hungerte sich dank ihres Trennungsschmerzes richtig schlank und als sie ihn überwunden hatte, fand sie mit Jade nicht nur eine tolle Fitnestrainerin, sondern verliebte sich auch in sie. Seither sind die beiden unzertrennlich. Zum Shoppen nahm Jade von da an nur noch mich mit, um für ihre Freundin elegant auszusehen.

Grace ist am Ende doch Gary geblieben, weil er sich in Andrew verliebt hatte und da Grace lesbisch war, musste er sich entscheiden. Und Jackson? Der verschwand eines Tages und ward nicht mehr gesehen. Chloé glaubt, dass ihr Vater seine Beziehungen spielen ließ, weil das schwule Image seines Sohnes nicht mit dem neuen Konzept seiner Partei vereinbar war. Gerüchten zufolge soll es eine Firma geben, die sich auf solche 'Probleme' spezialisiert hat. Aber das kann ich mir kaum vorstellen...

Der erste Teil von „Im Bann der Engel" ging im Blog am 07. April 2015 online. Die Story selbst schrieb ich in weniger als zwei Monaten in genau 30 Teilen.

Trotzdem hat es bis August 2016 gedauert, um das Projekt in Buchform umzusetzen. Ich danke meinen treuen Lesern, dass ihr so lange durchgehalten habt.

Vor allem danke ich meiner Familie und meinen Freunden, die den Glauben an meine Geschichten nie verloren haben und die auch immer wieder zu meinen Lesungen im Rahmen der Norder Schreibwerkstatt kommen.

Danke.

Torsten Ideus

Im Bann des Jaguars

Ohne Mei Jing wäre ich heute nicht der, der ich bin. Er war mein Lehrer und hat mir beigebracht zu überleben. Als ich auf dieser Insel landete, dachte ich noch an einen Glücksfall. Der Sturm hatte uns auf der Yacht überrascht und nach deren Sinken war ich der einzige, der es geschafft hatte. Mein Freund und mein Vater blieben im Meer zurück.

Doch mir blieb keine Zeit zum Trauern. Kraftlos und hungrig schleppte ich mich über die Felsen, als ich ein Zischen vernahm. Es blieb keine Zeit zum Ausweichen, der Pfeil bohrte sich in meine rechte Schulter und der Schmerz trieb mich zu Boden.

Ich blieb nicht lange dort liegen. Jemand packte meinen linken Fuß und zerrte mich ins Innere des Dschungels. Die aus mir herausblitzende Pfeilspitze rieb stoßweise über den Boden und trieb mir die Tränen in die Augen.

Ich versuchte, mich loszureißen, aber damit wurde der Griff nur fester. Plötzlich stoppten wir. In meinem schmerzlichen Delirium hatte ich nicht gemerkt, wie es über mir dunkler wurde. Erst nach und nach begriff ich, dass es eine Art Höhle war, in der wir uns befanden. Ein kleines Feuer erhellte den Raum und zum ersten Mal sah ich ihn. Er saß an einem kleinen Tisch und verrührte etwas in einer Kokosnusshälfte. Das lange schwarze Haar war zu einem Pferdeschwanz gebunden. Der muskulöse Oberkörper glänzte im Schein des Feuers. Er trug eine abgeschnittene khakifarbene Hose, die seine sehnigen und mit feinen Narben übersäten Waden freigab. Seine Schuhe waren noch recht neu, was mich wunderte.

Mit einem Mal schaute er zu mir herüber und ich sah sein Gesicht. Von der Sonne gebräunt und vom Wetter gegerbt, war es relativ jung und markant. Große schwarze Augen starrten mich an: „Du bist wach. Das ist gut. Du bist bist stärker als ich dachte." …

mehr davon im Blog
www.toshisworld.blogspot.com